俺はまだ、本気を出していない
6
三木なずな
Illustration さくらねこ

「じゃあ甥っ子ちゃんが洗ってくれなのだ」
「俺が？」

「そうなのだ」
「はいはい、わかったわかった」
カオリ

フル

そこまでは眠りに落ちる直前のままだが、
フルの姿がまるで違っていた。
彼女は大きくなった。
子供から年頃の、成長しきった大人の姿になった。
ボン、キュッ、ボン！
な感じのいいスタイルになった。
そして、大人になったせいで、着ていた服が
はち切れて、あっちこっちが破けてしまっていた。

「はい。初めまして、
アイギナ王子殿下。
私がスレイヤー一族の
最終完成型、
フル・スレイヤーです」

Contents

ダッシュエックス文庫

俺はまだ、本気を出していない6

三木なずな

130 泣きっ面に魔王

試練の洞窟《どうくつ》から戻ってきた、あくる日の昼下がり。

俺は屋敷の自分の部屋にあるベッドの上にいた。

仰向《あおむ》けで寝っ転がったまま、じっとしている。

「ヘルメス——あら、何をしているのですか？」

「姉さんか」

俺は顔を上げることさえもせずに、声だけで判断して、返事をした。

すると足音が徐々に近づいてきて、姉さんがベッドの真横まで来て、上から俺の顔を覗《のぞ》きこんできた。

「どこか具合でも悪いのですか？」

「そういうわけじゃないんだが……」

「……？」

姉さんは不思議そうに首を傾《かし》げた。

まずい、これはまずい。

考え得る限り一番まずい相手だ。

なぜ、俺がこうしてベッドで寝っ転がって、顔さえも上げないでじっとしているのかというと、それは七つのコインの裏バージョンを集めてしまったせいで、俺の力がまた強くなってしまったせいだ。

心の準備がないまま、一気に力が強くなってしまったせいで、体の感覚が力の強さに追いつかなくてコントロールがきかない状態だ。

前も、全能力が二倍になるという事件があった。

あの時は、「自分の力が二倍になる」って感じで、力が上がっても自分のものだったから、すぐに体が馴染《なじ》んでコントロールができた。

しかし今回は違った。

七つの裏コインが与えてきた力は、「倍率」という意味では前回よりは低かったけど、それは「自分の力」じゃなかった。

なんというか……闇というか、魔というか。

そういう感じの力だ。

それのせいで、今は力の制御ができない。

数年に一回来る、あの力が制御できない時と同じような感じになっちゃってる。

力の大きさはあの時よりもさらに大きくなっている。

下手《へた》に首を振ればその衝撃波だけで屋敷を吹っ飛ばしかねない勢いだ。

かといって、外に行くのも怖い。

あの時、偶然竜王の影が来て、偶然第三王子のショウ殿下が来て……と。

色々と事態が悪化したのだ。

それよりもまだ、屋敷にこもって、「集中して何もしない」でいた方がいいと思った。

と、いうのが事情だが、それを姉さんに話せない。

姉さんに俺の力が強くなったなんて言えば、彼女は大喜びでそれを周りの人に知らせるためにあれこれ仕掛けてくるだろう。

俺はいろいろ考えて、ごまかす方法が何かないかと考えた。

……。

…………。

……………。

ない。

そんなのない。

なんというか、下手にごまかそうとしたらますます事態が悪化しそうな気がする。

いや、実際にしそうだ。

今まで何回そうなってきたことか。

嘘はダメだ。

どうしよう。

俺がそう困り果てていて、姉さんがますます不思議がっていると。

コンコン。

部屋のドアがノックされた。

「ヘルメスいる？　――あっ、ソーラ様」

「あら、ソフィアちゃん」

やってきたのはソフィアだった。

姉さんは、ソフィアと寝っ転がってる俺を交互に見比べたあと。

「……うふ」

と、口を押さえて、にやにやと笑い出した。

「姉さん？」

「あらあら、そういうことだったのですね。うふふ」

「ね、姉さん？」

待て姉さん、何か誤解をしてるんじゃないのか？

というか姉さんが何をどう誤解しているのか手に取るように分かる。

ベッドに寝っ転がって、ソフィアを待っていた——そういう誤解だ。

俺は反論しようとして、体を起こしかけた瞬間——

ミシッ！

「——ッ!!」

ベッドが、そして床が軋《きし》み、音を上げた。

俺が体を起こそうと、ちょっと腹筋に力を入れただけで、ベッドが軋んで床が悲鳴をあげた。

コントロールできない状況でこれ以上動いたらヤバい。

そう思ってじっとするが——事態の悪化を止めることができなかった。

「お邪魔虫はここで退散しますね」

「ま、待てよ、姉さん。何か俺に用事があったんじゃないのか？」

「いいのですいいのです、後はお姉ちゃんに任せて」

「いや任せてって」

「お二人さん、ごゆっくりー」

「お二人さんって、ちょっ——」

姉さんは思いっきりニヤニヤして、部屋から出ていった。

ガチャッ！

「鍵《かぎ》かけるのやめて!?」

ビシッ！

姉さんが鍵をかけていったことに思わず大声を出すと、それだけで窓ガラスにひびが入った。

ハッとして、慌てて落ち着いて、大人しくベッドの上でじっとした。

「……ふぅ」

ガラスがひび割れた以上のことにはならなくて、俺はほっとした。

その間、姉さんと入れ替わるようにして、ソフィアが俺のそばにやってきた。

同じように、ベッドの真横から寝ている俺を見下ろした。

「大丈夫？　ヘルメス」

「……ああ」

「そう……」

ソフィアはホッとした。

彼女は少しだけ、俺がこうしている理由を知っている。

「まだコントロールできないの？」

「ああ、下手したら屋敷はあの洞窟の二の舞だ」

「うっ……」

ソフィアは顔がちょっと引きつった。

昨日、あの後一緒に洞窟から出たはいいが、入り口の付近で俺はくしゃみをして、入り口周辺を跡形もなく吹き飛ばした。

カノー家に代々伝わる試練の洞窟が、くしゃみの一発で半壊した。

つまりソフィアは知っているどころか、実際に制御不能で「やらかした」現場に立ち会って目撃までしているのだ。

そのソフィアは、部屋の中——いやこれは屋敷って感じか？

屋敷をぐるっと見回して、恐る恐る聞いてきた。

「こ、この屋敷も吹っ飛んじゃうの？」

「分からない、可能性はある」

「そ、そうなんだ」

「それよりどうした？　今日は。さすがに今日は何もつきあえないぞ」

事情を知っているソフィアだから、俺はストレートに言った。

「あっ、そうじゃないの。昨日あれから図書館に行って、色々調べてきたの」

「いろいろ？」

「昨日のあの少女っぽい『何か』。あの正体が古い書物に載ってないかなって」

「ふむ」

なるほど、と俺は心の中だけで頷《うなず》いた。

……下手に首を動かしたら、屋敷を吹っ飛ばしかねないからな。

ソフィアの着眼点はいいと思った。

俺もなんとなく、あれがただ者じゃないって思っていた。

人外の、それも力のある存在なら、何かしらの形で書物に載っている可能性が高い。

そこから「解決策」か、悪くても糸口程度の何かが見つかる可能性はある。

「それでどうだったんだ？」

「ええ、これを見て」

ソフィアはそう言って、一冊の本を取り出して、パラパラと開いて目印をつけたページを俺に見せてきた。

「それは……」

「昨日のコインから出てきた女の子そっくりよね」

「ああ、そうだな」

俺は頷いた。

そのページには確かに、昨日のあの少女っぽい何かの姿が描かれていた。

膝裏まで届こうかという長い髪に愛くるしい表情、細部に違いはあるが完全に同じ人間だ。

「すごいな、こんなのをよく見つけたもんだ」

「じつは結構有名人らしいの、この子。カノーの初代当主とも縁が深いのよ」

「……そうだろうなあ」

そりゃそうだろうなと思った。

そもそもあのコインと試練のシステムは初代が作ったものだ。

そのコインが反転して、全部集まったら出てきた。

縁が深くて当たり前だ。

「この本によると、あの子はユ、ウ、キ、ヒ、カ、リ、っていうらしいの」

「ユウキヒカリ?」

「うん」

「聞き慣れないタイプの名前だな」

「人ならざる存在らしいのよ。名前くらい私たちと根本的に違って当然ね」

「それもそうだ」

俺は納得しつつも、新しい疑問が頭に浮かんだ。

「でも、昨日あいつは『エレ……』、って言いかけたぞ」

「それも書かれてるわ。エレノア、ユウキヒカリがずっと持っていた魔剣の名前なのよ」

「なるほど」

魔剣か。

「だとしたら色々つじつまがあうな」

「そうなの?」

「ああ。あの子に与えられた力、光か闇かっていったら闇の力だったから」

「魔剣由来の力だってことね」

「そういうことだろうな」

俺はふう、と静かに息を吐いた。

か細く、屋敷を壊さないように細心の注意を払って息を吐いた。

そして、ソフィアににこりと微笑《ほほえ》みかける。

「ありがとうソフィア、たすかった」

「そ、そう？」

「ああ。大変だったんだろ」

ソフィアは軽く言ったが、古い書物なんて山ほどある。

その中から、一晩でピンポイントに探し当てるなんて並大抵のことじゃない。

よく見ればソフィアの目の下にクマができている。

徹夜して探したんだろうなぁ、っていうことが分かる。

俺はお礼を言って、彼女をねぎらった。

「そ、そんなことないわよ！　普通よ、普通！　こんなの楽勝なのよ」

「そうか」

ソフィアは顔を赤くして、ぷいっ！　って感じで背けてしまった。

なぜか意地を張るソフィア。実に彼女らしかったから、俺は何も言わずにそういうことにしておいてやった。

ソフィアが持ってきた本に話を戻した。

「そのページ以外に、ユウキヒカリに関する情報はあったのか？」

「あっ……」

「どうした？」

いきなり申し訳なさそうになったソフィア。

「ごめんなさい……これが見つかったから、まずは知らせようって」

「そうか」

俺はにこっと笑った。

その光景がありありと想像できた。

「本当にごめんなさい。すぐにまた調べてくるね。あっ、この本は置いていくから！」

「お、おい」

ソフィアはパッと部屋から飛び出していった。

止めるのも間に合わずに（というか今の状況じゃ止めようがないけど）部屋から飛び出していった。

追いかけようがなかった。

本を読むのも今は無理だ、表紙に指が触れた瞬間消し飛ばしそうだった。

全部をまるっと後回しにして、大人しく寝てしまおうかと、そっと目を閉じた。

すると——ドタバタと、部屋の外から騒がしい物音が聞こえてきた。

今度は誰だろう、って思っていると。

「待ってください、今はダメですよ」

姉さんの声が聞こえてきた。

誰かを止めているみたいだ。

そういえばさっき、姉さんは「任せて」とかなんとか言ってたっけ。

何を任せてなんだろうか——。

「じゃじゃーん！　魔王ちゃんの降臨なのだ！」

パン！　とドアが乱暴に開け放たれて、カオリが姿を見せた。

「甥《おい》っ子《こ》ちゃーん、あーそーぼーなのだ！」

部屋に入ってきた直後、カオリは俺に飛びついてきた。

いつもと変わらない飛びつき、並みの人間ならそれだけで木《こ》っ端微塵《ぱみじん》になりかねない魔王のタックル。

そのタックルを受けた俺は——力が反発した。

カオリのタックルに、体が勝手に危険を感じて、こらえるためにぐっと力を入れた。

すると——爆発した。

ドカーン!!　と、ものすごい爆発が起きて、屋敷の半分ごとカオリを吹っ飛ばした。

「ヘルメス!?」

カオリを追いかけてきた姉さんが驚愕《きょうがく》した。

そんな姉さんに何か言い訳をしようとしたが、それよりも早く、カオリが戻ってきた。

屋敷の半分ごと吹っ飛ばされて、一度は空の彼方《かなた》に飛んでいったのだが、すぐに戻ってきた。

「今のはなんなのだ？　前よりもすごいのだ！　もっと見せるのだ！」

暴走した力に吹っ飛ばされて、体が半分黒焦げでブスブスと煙を上げているのにもかかわらず、カオリはものすごくご満悦《まんえつ》に俺に迫ってきた。

「オーノー……」

「もっと見せるのだ！」

せがまれるカオリに根負けして、結局俺は彼女をつれて、街から遠く離れたプリュギア平原というところにやってきて、そこで力を解放して、カオリと戦った。

思いっきり戦うことができて、カオリはものすごく満足していた。

☆

余談だが、数ヶ月後、カオリと戦った跡地がプリュギア平原からプリュギア峡谷と名前が変わった。

地形が変わるほどの戦いにカオリはものすごく満足したが、俺はしばらくの間怯《おび》えていた。

もし名前がヘルメス峡谷に変わったら、知名度がさらに上がってしまうんじゃないかって、怯えてしまうのだった。

131 秒の速さでバレる

「すっきりー、なーのーだー」

「……」

「んふふふー」

ものすごい激戦のせいで、平原から峡谷《きょうこく》に地形が変わってしまったそのど真ん中で、あっちこっちぼろぼろな格好になりながらも、カオリは上機嫌で俺にしがみついてきて、まるでネコのようにゴロゴロしてきた。

俺はくたくたになりながら地面に大の字になって転がっている。

皮肉なことに、カオリとのバトルで力の大半を出し切ったから、「暴走」という心配だけはなくなった。

「はあ……」

俺はため息をついた。

寝っ転がった状態でも、周りの地形がヤバいくらい破壊されて変わっているのが分かる。

「これも痕跡でいろいろバレるんだろうなぁ」

何かごまかす方法はないものかと考える。

さかのぼればスライムロード討伐《とうばつ》の一件で、俺はそれまで知らなかった「力の痕跡」というのを覚えた。

力をぶつけて何かを破壊した痕跡には、指にある指紋と似たような性質があって、痕跡は人それぞれ違うものらしいのだ。

つまり、この地形を破壊するほどの大バトルで残った痕跡も、調べられれば俺（とカオリ）のものだって分かる。

なにかごまかす方法はないものか……。

「すごく楽しかったのだ。懐かしい力と戦えてすごく気持ちがいいのだ」

「懐かしい力？」

俺の思考に割り込んできたカオリの言葉。

どういうことなのかと彼女をじっと見つめた。

「そうなのだ。甥っ子ちゃんの今までの力の波動とちょっと違う、懐かしい力なのだ」

「……もしかして、ユウキヒカリのことを知ってるのか？」

俺は少し考えてから、ソフィアから聞いた名前をカオリに聞いた。

見た目は幼くても、彼女は数百年生きている長寿《ちょうじゅ》の魔王だ。

俺たち人間が知らない事実を実は知っていたというのが多く、「歴史」を「実際に見ている」場面も多い。

もしかしたらって思って聞いてみた。

「ひかりお姉様のことなのだ？　それは違うのだ」

「ひかりお姉様……え？　前から話してるひかりお姉様ってユウキヒカリのことなのか？」

「そうなのだ」

「……おぉ」

俺は感動したような、そうでもないような複雑な気分になった。

カオリの口から何度も聞かされている「ひかりお姉様」。

それがまさかユウキヒカリと同一人物だとは思っていなかった。

こんな時でも、まったく違う二つの知識が繋《つな》がることにちょっと気持ち良さを感じた。

と、いうことは。

彼女の名前は「ユウキヒカリ」じゃなくて、「ユウキ・ヒカリ」ってことなのか。

「お姉様がどうしたのだ？」

「あー、実は……」

俺はカオリに七つのコインのことを話した。

初代当主が残した七つのコイン、その隠された秘密。

全部のコインを裏返した後一緒にすると、幼げな少女ユウキヒカリがでてきて、力を与えてくれたということ。

するとカオリは。

「それはひかりお姉様じゃないのだ」

「え？」

「お姉様じゃなくて、お姉様のお母様、エレノアの幻影なのだ」

「お母様の……幻影？」

「そうなのだ。お姉様のお母様はお父様と一緒にいるはずなのだ。だからでてきたのは幻影のはずなのだ」

「そうなのか」

なるほどなと思った。

ってことは「ひかりお姉様」の母親も、カオリの母親と同じ人外の存在だってことか。

いや待て、エレノアって、剣の名前だったんじゃないのか？

うんそうだ、ソフィアが持ってきた本にそう書かれているはずだ。

剣が母親と同じ名前ってどういうことだ？

真実が一つ明らかにされるたびに、疑問が一つ新たに生まれる不思議な状態になっていた。

「懐かしいっていうのはそういうことなのだ。甥っ子ちゃんの力の波動は、お姉様のお母様

──おばさまと同じなのだ」

「あー……」

なるほどそういうことか。

話が大分ずれてしまったけど、ここでようやく理解できた。

「そんなに違うのか？　元々の俺と」

俺は周りを見回した。

一筋の光明が見えたような気がした。

カオリとの激戦で地形ごと変わってしまった平原。

平原というよりはもはや峡谷っていって良いくらいの地形変化。

あっちこっちからはまだ、炎に灼《や》かれたり雷に落とされたりの煙がくすぶっている。

「ぜんぜんちがうのだ」

「……そうか。この力の痕跡で俺だと分かりそうか？」

「痕跡なのだ？　それはないのだ。今までの甥っ子ちゃんとまったく違うのだ」

「……ナイースッ」

もしかしたら、今俺の瞳がキラン、と光ったのかもしれない。

力の痕跡が違うのなら、そこから俺にたどりつくことはない。

これはラッキーかもしれないぞ。

「そうだカオリ。俺がその力を手に入れたことは内緒にしてくれ」

「どうしてなのだ？」

「どうしてもだ」

「そうか、分かったのだ。そのかわりまだあそぼうなのだ」

「ああ」

それなら別に構わない。

カオリが話さなければ新しい力が俺と結びつくことはない。

それなら……よし！　だ。

☆

次の日、俺は屋敷の庭で一人、安楽椅子《あんらくいす》に寝っ転がって休んでいた。

カオリと力を一度出し切ったのがよかったのかもしれない。

あれから力は戻ったが、戻ってもかなり制御できるようになっていた。

日常の生活を問題なく送れるくらい制御できるようになったので、今日は庭に出ていつものようにゴロゴロしていた。

そんな風にゴロゴロしていると、一人のメイドが屋敷の方から小走りでやってきた。

「ご主人様、ショウ様がお見えです」

「王子殿下が？」

やってきたメイドは、ショウの来訪を教えてくれた。

ショウ・ザ・アイギナ。

アイギナ王国の第三王子で、リナと仲の良い彼女の兄だ。

前にちょこちょこ絡んだ相手でもある。

「お通ししてもいいですか」

「ああ、いや、応接間に通してくれ。無礼は――」

「あはは、そんなことを気にしなくてもいいんだぞカノー伯爵」

俺が立ち上がろうとした瞬間、ショウが人なつっこい笑顔を浮かべながら庭にやってきた。

さすがに慌てて立ち上がって、頭を下げた。

「すみません殿下、出迎えが遅くなってしまって」

「いいんだ、こっちが急に来たわけだからね」

「はあ」

俺は曖昧《あいまい》に頷《うなず》き、メイドに目配せをして下がらせた。

王子であるショウがなんの用もなしに来るはずがない。

なんの用なのかは分からないけど、とりあえず人払いした。

「それで、殿下……」

「うん、その前にちょっと確認をしよう。君はクシフォスのことを知っているかな」

「え？」

俺は身構えた。

クシフォスって……また勲章か？

「あはは、そう身構えなくていいよ。勲章ではなく元になったもののはなしだ」

「あっ、すみません」

俺はもう一度頭を下げた。

ショウはニコニコ笑ったまま、説明を始めた。

「護国の聖剣クシフォス。四〇〇年程前、カノーの初代当主に剣を教わったセレーネ・ミ・アイギナが持っていた剣だ。クシフォス勲章はそれから名前を取ってつけたものだ」

「そうなんですか」

「ちなみに、それは歴史の三大名剣と言われている」

「三大名剣」

棒読み気味で、ショウの口からでた言葉をそのまま繰り返した。

「聖剣クシフォス、それにカノーの初代当主が持っていた光剣ルイナス――フォスという呼び方もあったかな、そして最後に魔剣エレノア。この三本を合わせて三大名剣と呼んでいる」

「はあ……」

「時に、魔王がプリュギア峡谷で暴れたそうだ」

「……へえ」

「君だよね、相手は」

「な、なんのことでしょうか。そもそも――」

俺はとっさに口をつぐんだ。

あの力は俺のじゃない――、なんて犯人しか知らない情報を口走ってしまったら間抜けそのものだ。

とっさにそれに気づいて、口をつぐんだ。

だが。

「魔王に正式に聞いたよ、『ここ最近、遊んだか』って。すると魔王は『甥《おい》っ子《こ》以外とあそばないのだ、お母様の言いつけなのだ』と――」

「素直か!!」

俺は盛大に突っ込んだ。

というか、聞き方がいやらしい！

俺の力がどうこうじゃなくて、そもそも俺の名前をまったく出さない質問。

それにカオリが素直に――まんまと引っかかったわけだ。

俺は思いっきり突っ込んだが、ショウは微苦笑した。

「私たちも悩んだのだよ、魔王と互角以上に戦った力の存在。新しい力の存在」

そして、真顔になった。

「もしかして人類の新たな脅威《きょうい》なのではないか、と」

「むむむ」

「それが君の新しい力だと知ってホッとしたのだよ」

うかつだったのかもしれない。

もっと念入りに隠すべきだったのかもしれない。

世界最強の魔王と互角に戦えた、正体不明の存在。

問題視されて当然、探られて当然。

たとえ不安がられても、実害はないのだから不安なままにさせて、念入りに隠蔽《いんぺい》するべきだったのかもしれない。

「……無理か」

少し考えたが、俺は深いため息をついた。

あの、よくも悪くも天真爛漫《てんしんらんまん》なカオリの顔が脳裏《のうり》によぎった。

どう隠蔽したり口止めしたところで、ショウが「ああいう」聞き方ができるのなら、カオリはどこかでぽろっと漏《も》らしただろう。

到底、腹芸ができる子じゃないのだ、カオリは。

「では、やっぱりそうなんだね」

「えっと、まあ……はあ……」

「やっぱりすごいね君は。エレノアの力を手に入れるなんて」

「そこまで知ってるんですか」

「うん」

俺は苦虫《にがむし》をかみつぶしたような表情になった。

カオリが言った、エレノアの幻影、その力。

俺の新しい力は、その力なのだ。

……ん？

ちょっと待ってよ——と、俺は引っかかりを感じた。

なんだっけ……そうだ、ショウが言ってた言葉だ。

三大名剣……魔剣エレノア……。

「……え？」

「歴史上エレノアの力を制御できたのは二人だけだって聞く、すごいことだよ。ねえ、どうやったの？　私に聞かせてくれないかな」

「………え？」

俺はますますポカーンとなった。
これって、どういうことなの？
まったく予想しなかったことに、俺はぽかーんとなってしまうのだった。

132 古の盟約

ぽかーんとなっている俺を、ショウが真っ直ぐ見つめてきていた。

彼のあのまっすぐな、人なつっこい瞳で見つめられて、俺はたじろいでしまった。

目を泳がせて、どうにかごまかせないか、と必死に考える。

エレノアの力だってのはバレてる。

エレノアの幻影ってことは、魔剣の意識を具現化して、人の形を取らせたってことだろう。

そういうことはよくある。

長い年月をもって、何かの拍子で意識を持った道具、その道具の意識を人間の姿に具現化することは昔からある。

だから、それはいい。

問題は、どうやってエレノアの力を手に入れたか、ってことだ。

カノーの試練、裏の七つのコイン。

あれを話すべきなのか……。

「もしかして」

「え？」

「これも、話せないことなのかい？」

「――っ！」

ティンと来た。

白い稲妻《いなずま》が脳裏《のうり》を突き抜けていって、良い考えを思いついた。

「……実はそうなんだ」

「ふむ？」

「これは、カノーの初代当主に関わることなんだ。長年隠してきた秘密だから言えないんだ」

言葉にした直後、俺は勝利を確信した。

これこれ、これだよ。

家の秘密といえば、王子といえどこれ以上は追及できないだろう。

「……」

ショウは俺を見つめた。

まるで本当なのかどうかを見抜こうかというような目で、俺を見つめた。

俺はその視線を真っ向から受け止めて、見つめ返した。

初代の秘密なのは間違いない。

だから臆することなく、真っ向から見つめ返した。

「……それは本当なのかい？」

「ああ」

「本当に本当かい？」

「本当に本当だ」

念に念を押して確認してくるショウ。

俺は真顔で頷《うなず》き返した。

そこに嘘はない。

可能なら、俺が黙った方がいいってのは間違いない。

コインはあの後石になったが、あの手のものは、例えば俺の死後再び元のコインに戻ることも考えられる。

すると、次の当主に試練が受け継がれる。

試練の内容は知らせないままの方がいい、というのは間違いない。

だから、俺は自信を持って頷いた。

「……」

「……」

しばらくの間、俺たちは見つめ合った。

ショウに真顔で見つめられて、それを見つめ返した。

たっぷりと、一分くらい無言で見つめ合ってから、ショウは「ふっ」と笑った。

「どうやら本当みたいだね」

「最初から本当だ――それよりも信じてくれるんですか」

「僕はこれでもそこそこ人を見る目があるつもりだ。君が嘘をついてないことは分かる」

ほっ……。

どうやらごまかせたみたい――。

「全部のことを言ってないのもなんとなく分かるけどね」

「!!」

ほっとした直後にぎょっとした。

ショウはニコッと笑った。

俺は驚いてショウを見つめた。

そこまで……分かるのか？

「……カマカケ、か？」

「はは、そのつもりはないよ。いくらカマをかけても一番肝心《かんじん》なところは話さないだろうから
ね、君は」

「……」

「でも、カノーの初代の残していった秘密だというのも本当？」

「ああ、それは本当だ」

俺ははっきりと頷いた。

七つのコイン、裏の七つ星。

初代はたぶん、いつかそれを見つけてくれる子孫が出るのを期待してたんだと思う。

そうじゃなきゃ、あんな複雑なギミックを作って、子々孫々《ししそんそん》に儀式をさせるようなことはしない。

「分かった、じゃあもう聞かない。それよりもちょっとだけで良いから見せてくれないかな。地形を変えてしまうほどの力をこの目で見たいんだ」

ショウはそう言って、わくわくした、好奇心全開の好青年の表情に戻った。

「……見たものを内緒にしてもらえると」

「うん、もちろん。見たものは墓まで持っていくよ。王族の名にかけて」

「分かった」

俺は頷き、手をかざした。

何を見せようかなと思いながら空を見上げて、雲で翳《かげ》っているから、それを吹っ飛ばすことにした。

雲ならいくら吹っ飛ばしても、所詮《しょせん》雲だから後に残らず証拠にならないしな！

☆

「た、たたたた大変です！」

「すごいですヘルメス！」

数日後、リビングでのんびりくつろいでいると、ミミスと姉さんがものすごい剣幕で飛び込んできた。

ミミスは思いっきり慌てていて、姉さんは興奮して目をきらきらと輝かせている。

「ど、どうしたんだ？」

二人揃《そろ》ってやってきた上にその剣幕、俺は気圧《けお》されてたじろいだ。

「今、国王陛下からの勅命《ちょくめい》が！」

ミミスはそう言って、勅書《ちょくしょ》っぽいものを開いて、読みあげた。

「古《いにしえ》の盟約を果たす時が来た」

「はあ？」

なんじゃそれは。

古の盟約って……また大仰《おおぎょう》なものがでてきたな。

……。

瞬間、俺はぞっとした。

悪い予感がした。

「セレーネ・ミ・アイギナとナナ・カノーが結んだ古の盟約により、ヘルメス・カノーを準王族とし、地位及び権利全てを王族に準ずるものとする——とのことです！」

「準王族ぅ？」

なんじゃそりゃ。

まじでなんじゃそりゃだ。

準王族とか、聞いたこともない。

「カノー家と、王家との古い約束ですよ」

姉さんがニコニコしたまま言い出した。

いやそれは勅書の内容にもあったけども。

「どういうことなんだ一体」

「カノー家の初代当主が、当時の女王陛下の剣の師匠《ししょう》だったことは覚えていますね？」

「ああ、それでカノー家は代々男爵家としてやってきたんだろ？」

「それだけじゃなく、もしも、何らかの形でカノー家の当主が、初代の残した『真なる遺産』を手にすることができれば、その当主を一代限りの王族に準ずる扱いにする、という約束があったのです」

「真なる、遺産？　それってどういうもの？」

俺は恐る恐る聞き返した。

「分かりません、王家にもカノー家にも伝えられていません。ただ、初代ゆかりで、ものすごいもの、としか」

「なんじゃその曖昧《あいまい》な……あっ」

俺はあることを思いだした。

『これは、カノーの初代当主に関わることなんだ。長年隠してきた秘密だから言えないんだ』

あの時、自分の口からショウに言った言葉を思い出した。

新しく身につけたものすごい力、魔王と一緒に地形を変えてしまうほどの激戦ができる力。

初代由来の、秘密の力。

「オゥノォ……」

俺はがっくりきた。

「殿下……見たことは言わないって言ってたのに。いや、言ってないんだろうなぁ……」

俺ははあ、とため息をついた。

あの時気づかなかった、ショウの言葉を思い出して理解した。

ショウは、「見たものは墓まで持っていくよ」と言った。

しかし、聞いたものに関しては言ってない。

カノー家の当主から、初代にまつわる真なる遺産を手に入れたと聞いた。

話は、それだけで充分なんだろうな。

むしろ――。

「勅書には続きがございます。真なる遺産の詳細を自ら国王陛下に説明せよ――とのことです」

ミミスは追い打ちをかけるように言った。

ショウは言わなかった。言わなかったから、逆にそれを国王に見せる羽目になった。

「はぅ……完璧《かんぺき》だと思ってたのに」

準王族。

またまた身分が上がってしまったことに、俺はがっくりしてしまうのだった。

133 空気の氷

「ヘルメスちゃん！　一生のお願い！」

「……」

俺はほんわかとした目で、オルティアを見つめた。

いつもの娼館《しょうかん》、いつもの部屋。

いつものようにオルティアを指名すると、彼女はこれまたいつもの「一生のお願い」をしてきた。

「落ち着くなあ……」

「え？　なにが？」

「屋敷で今、大騒ぎになってるんだ」

「あっ、知ってる知ってる。ヘルメスちゃんが王族になったからいろんな人がプレゼントを贈ってきてるんだよね」

「準王族、な。王族だったらエライこっちゃ」

俺は遠い目で窓の外を見た。

窓の外はピンドスの普通の街並みが広がっているだけだが、俺の目にはうっすらと、間の建物が全部半透明になって、その先にある騒ぎが見えたような気がした。

準王族になったって知れ渡った瞬間、俺に取り入ろうとする連中が色々とプレゼントを贈ってきた。

それをいちいち対応するのも面倒臭《めんどうくさ》くて、ミミスに丸投げしてここに避難してきたってわけだ。

「ねえねえ、どんな感じなの？」

「大量にプレゼントが送られてきた」

「おお」

「プレゼントは全部、牛車《ぎっしゃ》か荷馬車に乗せられて送られてくるんだが」

「ふむふむ」

「受け取りとチェックに時間がかかるから、屋敷にまとめて入れられなくて、それで屋敷の周りに列を作ってもらってる」

「おー、行列のできるヘルメスプレゼント所だね」

「その列が丸一日経っても途切れない」

「何それすっごーい！」

オルティアは目をきらきらさせた。

やっぱり落ち着くなあ、オルティアは。

肩書きが一つ増えただけで態度を変えて一斉にすり寄ってくる連中がいる中で、話を聞いても何も態度を変えないオルティア。

普段と変わらずに「すり寄ってくる」オルティアは、一緒にいてホッとした。

「で？」

「え？」

「え？　じゃないだろ。今度の一生のお願いはなんだ？」

「え？　あーなんだっけ——いたいいたいいひゃひゃひゃひゃ」

オルティアのこめかみをげんこつでグリグリする。

オルティアは涙目になって、足をばたばたさせる。

グリグリをしばらくやった後、解放して。

「で、なんだ？」

「いたた……うん、あのね。新しいお酒が手に入ったの」

「そうか。金は気にするな、出してくれ」

前にもオルティアが酒をおねだりしてきたことがあった。

その時の記憶から、また高価な酒なんだろうなと思った。

「あっ、それは大丈夫。前とそんなにかわんないから」

「そうか」

「でもね、ちょっと問題があってね」

「問題？」

「うん、そのお酒。飲み方がすっごく難しいの」

「ふむ」

なるほど、と俺は頷《うなず》いた。

酒は贅沢品《ぜいたくひん》中の贅沢品だ。

高級品にもなると、長い年月をかけて熟成させていくのに、普通の酒と同じように飲んだらなくなってしまう。

例えばグラス一杯分で庶民《しょみん》の一ヶ月分の給料が吹っ飛ぶぐらいの酒もある。

それくらいのものだから、高級な酒になればなるほど飲み方にこだわりが出てくる。

そういうのを無視して、例えば一気飲みとかしたらマニアに撃ち殺されても文句の言えない所業だ。

「で、どう難しいんだ？」

「あのね、まず冷やして飲むの」

「ふむ」

「でねでね、そもそも作る過程でね、二十年熟成させて、その後一回蒸留させて、それで新しい原酒を混ぜてまた二十年熟成させるの」

「そりゃ手間がかかってるな」

「でしょー」

なんとなく自慢げなオルティア。

それだけの酒が手に入れば……そりゃ自慢げにもなるか。

「つまりね、そのお酒ってすごく大雑把《おおざっぱ》にいうと、二種類の年代のお酒が混ざってるってことなの」

「なるほど」

「それが冷やし方によって味が変わるんだよね。だから飲む時って、半分は冷やして、半分は冷やさないで、それで混ぜないで飲むのが一番美味《おい》しいの」

「混ぜないのか」

「うん、混ぜないの。問題はね、氷を使うと、氷で薄まっちゃうんだよね。氷だと片方だけ冷えてくれるけどね」

「まあ、それは論外だな」

さすがにそれくらいは俺にも分かる。

せっかくの高級な酒、氷を入れて薄めて飲むのは論外・オブ・論外だ。

昔超高級のぶどう酒に氷を入れて飲む人がいて、その人はいろいろと評判が悪かったなあ……とほとんど関係のないことを思いだした。

「でも、グラスそのものを冷やすと、今度は満遍《まんべん》なく冷えちゃってさ」

「なるほど」

俺は少し考えた。

「要するに、冷やしたいのは冷やしたいけど、同じグラスの中で二段階に冷やしたいってことだな」

「うん！　さすがヘルメス、理解が早い！」

俺は腕を組んで、斜め上を眺める思案顔をした。

「それなら……パッと思いつく限り二つ方法があるな」

「どんな？」

「一つ目は……今すぐには難しいけど、特注のグラスを作る」

「特注の？」

「そうだ、上半分が木製、下半分が石製。そのグラスを冷やしたら――」

「そっか！　木のところはあんまり冷えないけど、石のところはめちゃくちゃ冷えるんだ」

「そういうことだ。でもそれは今すぐ作るのは難しい。飲みたいんだろ？　すぐに」

「うん！」

「だったら――」

俺は手をすぅと伸ばした。

二本指をビッと揃《そろ》えて、突き出した。

そして、指の先に魔力を集めた。

ギュイーン……と、冷気が凝縮される。

指先に突風が巻き起こる中、しばらくすると、その指の先に真っ白な氷の塊ができた。

「これを使えばいい」

「氷？　でもこれだと全部薄まっちゃうよ？」

「これは水の氷じゃない、空気の氷だ」

「空気の氷？」

「そう、空気の氷。試しになんか安い酒持ってきて」

「うん！」

オルティアはバタバタと出ていって、すぐにバタバタと戻ってきた。

戻ってきたオルティアはグラスに入った酒を差し出してきた。

「なるほど」

一目見て、そして匂《にお》いを嗅《か》いだだけで分かる。

一樽《ひとたる》いくらぐらいの、とにかく酔うためだけの安酒だ。

俺はその中に空気の氷をいれた。

「わわっ！」

声に出して驚くオルティア。

空気の氷は、酒に入れた途端溶け始め、白い煙がもうもうと上がった。

「すごい！　そっか、空気の氷だから煙が溶け出してるんだ」

「まあ、な」

本当はそういうわけでもないんだけど、それでオルティアが納得するならそれでいっかって思った。

「へえ、すごい……あっ、本当だ。冷えるけど薄くならない」

オルティアはいまだに白い煙がもうもうと上がる酒に口をつけて、目をきらきらとさせだした。

「すごいねヘルメス。これなら冷やすけど薄くならないね」

「そういうことだ」

「ねえねえヘルメス、その空気の氷をもっと作って。二人分」

「ああ」

俺は頷いた、もとよりそのつもりだ。

指を突き出して、空気の氷を追加でつくる。

オルティアはもう一度部屋から飛び出していって、今度は古びた瓶《びん》を持って戻ってきた。

おそらくそれが、オルティアが言ってた酒なんだろう。

俺が空気の氷を作っている横で、オルティアは慎重に酒瓶の封を切って、蓋《ふた》を開けていた。

娼館《しょうかん》、それもある程度高級の娼館では、古い酒を提供する時に、客の前で封を切ってみせることがある。

表向きは、ちゃんとした高級の酒を出した、それも混ぜものをしていないというアピールなんだが、実際にはもうひとつ別の意味が隠されている。

高級な酒の封を切ることを、処女を捧げるメタファーにしているのだ。

俺はそのことを気にしないが、このやり方がずっと残っているということは、それが多くの客に好評だってことなんだろうな。

そんなことを思い出しているうちに、オルティアはグラス二杯分の酒を注いで、こっちへ持ってきた。

「ヘルメスちゃん」

「ああ」

俺は作りたての空気の氷をグラスに入れた。

たちまち、白い煙が上がる。

「……いいね、なんか」

オルティアはいつもと違って、しっとりとした空気を纏《まと》いながら言った。

不思議なことに、さっきと同じ光景だが、高級な酒が白い煙を纏っているだけで、荘厳で美しい光景に見えてくる。

俺はオルティアからグラスを受け取って、アイコンタクトで頷きあってから、同時にその酒を飲んだ。

オルティアの言う通り二段階に冷えた酒は、まるで違う酒のような深い味わいだった。

「……はふぅ」

オルティアは頬《ほお》に手を当てて、なまめかしい吐息をもらした。

「ヘルメスちゃん、この飲み方いいね」

「ああ」

「ねえ、空気の氷って作るの大変なの？」

「いや？　そんなでもないぞ」

お酒が入って、ほどよく気分がよくなった俺は、オルティアに空気の酒の作り方を教えることにした。

「普通の魔法で氷を作るのって、ものすごく雑に言うと、魔力で温度を下げて空気の中にある水気を冷やして氷にするんだ。冷えたグラスの周りに水滴をつけるのと同じことだ」

「なるほど！　それは知らなかった」

「で、空気の氷ってのは、温度を下げる氷の魔法と、空気の渦《うず》を作り出す風の魔法を同時に使うんだ」

「同時に？　なんで？」

「空気の渦を作ると、湿った空気と乾いた空気に勝手に分かれてくれるから、後は乾いた空気の中で冷やせば空気の氷ができる」

「そかそか、でもそれ、すごく難しそうだよね。まったく違う魔法を二つも同時に使うなんて」

「二人でやればいいんだよ。一人でやるから難しくなるだけで」

「え？　あそっか。一人でやりきる必要ってないんだ」

「そういうことだ」

「そかそか。じゃあ結構簡単にできそうだね」

「ああ、できるはずだ」

うん、そうだな。

酔っ払っててついついやらかしそうになったけど。

それを一人でやったらすごいって言われるかもしれないけど、あらかじめ、今後もやりたがってるオルティアに二人でならって言えば問題ない。

うん、よし。

俺はますます上機嫌になって、オルティアと、よく冷えた高級酒を楽しんだ。

☆

俺の考えは間違ってなかった。

空気の酒の作り方は広まったが、別に俺の発祥で、だから俺がすごいってことには一切ならなかった。

だけど――。

その後しばらく、安酒でも空気の氷を入れて、白い煙と一緒に飲み干すという「ヘルメス飲み」が流行《はや》ってしまうことを、この時の俺はまだ想像だにしてなかったのだった。

134 人工の宝石

あくる日の午前中、俺は執務をしていた。

執務室にこもって、ミミスとか家臣団から色々報告を聞いては、適当に許可したりする簡単な仕事だ。

ミミスたちもそれが分かってて、今となっては重要な案件は「最初」か「最後」に持ってくるから、途中のものは暗黙の了解で、形式的な報告のものばかりになってる。

それを聞き流していると、最後の案件になった。

「フロリナの町長からの報告でございます。最近、町の周辺で次々と意識不明になる者が続出しているとのことです」

「意識不明？」

最後の案件で、おそらくは今日の俺の判断が必要なたった一つの案件。

それを聞いた俺の眉《まゆ》はビクッとなって、意識がミミスに集中した。

「何が起きてるんだ？」

「原因は今のところまったくの不明。現在調査中でございます」

「まったくなのか？」

「申し訳ございません……」

「いやいい……」

俺はあごを摘《つ》まんで考えた。

「ちなみに、意識不明者が発見される場所は徐々に広がりを見せています」

「広がってるのか」

「はい。地図に記していくと、おそらくは町の中心から放射状に広がっているものと推測されます」

「……分かった。最優先で調査しろ。人員はいくら投入してもかまわん」

「は、かしこまりました」

☆

その日の午後、俺は街を出て、フロリナの町に向かった。

ピンドスから街道沿いに南下していった先にある小さな町で、これといって特徴があるわけでもない、普通の町だ。

ミミスの話が気になって、正規の調査はさせつつ、俺も自分の目でも確認しようとフロリナの町に向かうことにした。あの場では、ミミスに任せるのが一番だ。

俺も行くとか言い出したら、なんやかんやで最終的に俺の評価が上がってしまう事態になるかもしれない。

俺が手出ししなきゃいけない事態だったとしても、こっそり裏から手出ししようと思う。

だから、一人でフロリナに向かおうと——思ったのだが。

「なんでソフィアがいるんだ？」

街道のど真ん中で、仁王立《におうだ》ちして通せんぼしているソフィアを見つけて、眉《まゆ》をひそめた。

彼女はちょっと唇を尖らせて、ズンズンとこっちに近づいてきた。

「屋敷に行ったら、ソーラ様が教えてくださったの」

「姉さんが？」

「ええ。ヘルメスならきっと今ごとフロリナの町に行こうとしているって。そう聞かされて」

「……むむむ」

姉さんにはバレバレだったってのか。

何も言ってないのに、なんでバレたんだろうか……。

「ついてくるのか？」

「だめ？」

「ダメっていうか……」

「フロリナに何しに行くの？」

「……実はな」

俺はミミスから聞いた話を、そのままソフィアに説明してやった。

町で意識不明になる者が続出しているから、それを調べに向かっている――と。

「そんなことが起きてたの」

「ああ、じわじわ広がってるのもそうだし、なんか気になるんだ」

「そうなの……でも」

「ん？」

「どうして一人でこっそり行くの？」

「むっ……」

それはスルーしてほしかったところだけど、ソフィアはスルーしてくれなかった。

さて、どう言い訳するべきか。

姉さん相手だったら諦めてなにもかもぶっちゃけられるし、ミデアとかなら上手《うま》く言いくるめることができる。

オルティアとかはなんだかんだで秘密は守ってくれるだろうけど。

そういう意味じゃソフィアにどう対処していいのかがまだ分からない。

どうするべきか――と、俺が迷っていると。

「……あっ、そういうことね」

「へ？」

ソフィアが何かに気づいた様子だ。

何も言ってないのに何に気づいたんだ？　と不思議がる俺。

「当主が自ら出向くと、案内とか接待とかにも人員が割かれる。だからお忍びで行って、そういうのを防ぐってわけね」

「えっと……」

「さすがヘルメスね」

一人で納得して、一人で感動しているソフィア。

正直そんなことはまったく考えてなかった。

俺はただ、色々「面倒臭《めんどうくさ》い」から、そうならないために自分一人で動いただけだ。

それを、ソフィアが勝手に解釈してくれた。

いやいや、なんでそうなるんだ？

☆

あの後、俺はくっついてきたソフィアを連れて、フロリナにやってきた。

「なにここ……」

町の入り口に立ったソフィアが絶句した。

それもそのはず、ここに立っただけでも分かる。

町は……死んでいた。

普段からそこそこに閑静《かんせい》な町なのは見ていて分かるが、それでも不自然なくらい、外には誰もいなかった。

全ての建物が閉め切られてて、通行人が一人もいない。

店のような建物も、ほとんどが閉店状態になっている。

「こういう町……じゃないわよね」

「ああ、普段はもう少し賑《にぎ》やかだろうな」

「一体なにが……」

「それを調べに来たんだ。行こう」

「う、うん」

俺が先に歩き出して、ソフィアがついてきた。

自分で見に来てよかったと思った。

フロリナの実態は、聞いているよりも遙《はる》かに悪かった。

無人のような町中を少し歩いていると、ようやく、って感じで一軒の酒場が開いているのを見つけた。

まずは情報収集から、ってことでソフィアに目配せをして、酒場に入っていった。

中に入るなり客が一斉にこちらを見た。

町中と同じように、本来なら過剰《かじょう》なくらい活気があるはずの酒場も、どんよりとした空気に包まれていた。

客が数人だけいて、互いにまるで避けあっているかのように、テーブルを挟んで距離を取って座っている。

そして全員が一人客で、手酌《てじゃく》でヤケ酒を煽《あお》ってるような感じだ。

俺とソフィアは適当なところに座ると、店主がやってきた。

「いらっしゃい、注文は？」

「適当に酒と飯を――ソフィアは？」

「それで大丈夫」

「じゃあ二人前で」

「分かった」

注文を受けて、一度ひっこんだ店主。

すぐに料理を運んできた。

次々とテーブルに並べられていく料理は、軽く見積もっても倍の四人前くらいはあった。

「二人前って注文したんだけど」

「いいんだよ、客があまり来ないから置いといても腐るだけだ。食えるだけ食ってってくれ」

店主はヤケクソ気味にいった。

この短いやり取りだけでも、よっぽどの状況になっているのだと分かる。

「一体何があったんだ？　町の様子がただ事じゃないけど」

「お客さん、旅の人だね。ここは初めて？」

「ああ」

「何も聞かされてないのか？　道中でもいろいろ噂《うわさ》になってるだろ」

店主の言うとおり、道中ですれ違った旅人とか、宿場町の人たちとか。

そこで、色々とフロリナの噂が流れていた。

だからちょこちょこと情報を仕入れているんだが——それを言う必要はない。

住民の生の声が聞きたいんだから、俺は完全な無知を装《よそお》った。

「なんかあった気もするけど、こんなにひどい状況だって知らなくてほとんど聞き流してた」

「ああ、なるほど」

店主は頷《うなず》き、納得した。

「少し前から変な霧が出るようになったんだ」

「変な霧？」

「ああ、その霧を吸い込んでしまうとぶっ倒れてしまうんだ」

「そうなのか!?」

一応驚いて見せた。

「いつ出るのかも分からなくて、いきなり出てうっかり吸い込んだら倒れるもんだから、誰も彼も家に引きこもったってわけさ」

「……そうだったのか」

「お客さんも、こんな町に長居してないで、明るいうちに町を出て先に進んだ方がいいよ」

店主は優しい言葉を残して、店の奥に引っ込んだ。

二人きりになった後、ソフィアは近づいて、耳打ちしてきた。

「その霧が原因なのね」

「どうやらそういうことみたいだ」

「急に出るからみんな家に引きこもってるって言ってたので、霧は家の中には出ないってことなのね」

「そういうことになるな」

ってことは、天然のものなのだろうか。

こういう時、原因が天然のものなのか人為的なものなのかで大きく変わる。

今回のような、いわゆる毒霧でも、天然のものなら屋外だけだし、人為的なものだったら屋内で発生する可能性もある。

それがまったくなくて屋外だけっていうのなら、天然のものってことで間違いないだろう。

俺はちょっとホッとした。

天然のものなら、やっかいな要素がはっきりと減る。

人為的なものじゃなくてほっとした。

「霧が出たぞ！」

「「――！」」

いきなり、店の外から聞こえてきた叫び声に、俺とソフィアはびっくりして見つめ合った。

俺が真っ先に店の外に飛び出した。

ソフィアは少し遅れてついてきた。

「むっ」

外に出ると、兵士のような格好した人間が大声で叫んでいるのが見えた。

たぶん、ミミスの部下なんだろう。

「お前たち！」

男はこっちに近づいてきた。

「霧が出た！　建物の中に避難してろ」

「分かった」

俺が頷くと、男はぱっと走っていって、大声で町中に注意を促していった。

俺は振り向き、ソフィアに言った。

「ソフィアは中にいろ」

「へ、ヘルメスは？」

「俺なら大丈夫だ」

問答する時間も惜しんで、俺はソフィアを店の中に押し戻して、路地裏に駆け込んだ。

そして、誰にも見えないようにして、路地裏から空に飛び上がった。

飛行魔法で空を飛んで、フロリナの町を見下ろした。

「あそこか」

空からだとよく分かる、霧は一点を中心に徐々にひろがっていた。

天然のもので徐々に広がってるから、その中心が発生源で間違いないだろう。

俺はそこに向かった。

空から一直線に発生源に向かって降下していった。

霧の中心——発生源らしきところに着地すると、地面がわずかにひび割れていて、そこから
霧が漏《も》れ出しているのが見えた。

「なるほど……これは一般の人にはきついな」

俺はあえて霧を受けて、自分の感覚でそれを分析した。
確かに一種の毒霧で、その毒性が大体分かった。
俺は目を閉じて、毒に対する耐性を下げた。
瞬間――ガツンと頭にきた。
横からハンマーで殴《なぐ》られたような衝撃を受けて、目がちょっとチカチカした。
毒が体の中で発作《ほっさ》をおこした。
それを感じながら、今度は耐性を戻す。
本来の俺の耐性で、毒を追い出していく。
そうしながら、懐《ふところ》からガラスの瓶《びん》を取り出して、蓋《ふた》を開ける。
指の腹を爪で切って、瓶の中に血を数滴垂らす。
蓋を閉めると――。
「ヘルメス！」
ソフィアが俺を呼ぶ声が聞こえた。
ソフィアは霧の外から覗《のぞ》き込んでいる。
霧の中心にいる俺を心配そうに見ている。
「大丈夫なのヘルメス!?」
「そのまま動かないで少し待ってろ」

ソフィアにそう言って、俺は手をかざした。

魔法で小さな竜巻を起こして毒霧を巻き取る。

どうやら空気よりも軽いタイプの毒霧だから、竜巻で巻いて、空中に飛ばした。

霧はまとめて空中に飛ばされて、あの調子だと落ちてこないはずだ。

霧を一掃《いっそう》して、周りが綺麗《きれい》になったら、ソフィアが近づいてきた。

「ヘルメス、それって何？」

ソフィアは俺が持っている瓶を見ながら聞いてきた。

「抗体だ」

「こうたい？」

「薬みたいなもんだ。病気によっては、治ったあとに免疫《めんえき》がつくのは知ってるだろ？　それを俺の体で受けて、抗体をつくってみた」

「そんなことができるの？」

「きっついからあまりやりたいことじゃないけどな」

俺は苦笑いした。

「これがあれば薬が作れるだろう。対症療法くらいにはなるはずだ」

「そうなんだ……すごいねヘルメス」

ソフィアは感心した。

「あっでも、それじゃ霧の問題は解決してないよね。霧があるままだと、この街はみんな引きこもっちゃうんじゃないの？」

「それもそうだな」

俺は地面を見た。

ひび割れている地面からはまだ毒霧が出ているが、竜巻に巻き上げられていて、広がらないようになっている。

それを見て、俺の頭に「隕石」という言葉がよぎった。

隕石って言葉を頭に浮かべて、地面から小石を一個拾って、ひび割れている地面に放った。

隕石が、そこに落ちたかのように。

が、すぐに「違うか」って思った。

俺が当主になってから、ちょこちょこと絡んでくる隕石。

その隕石が原因で霧が出るようになった——という可能性も考えられたから、俺は一人で来ようとした。

が、この様子だと違うだろう。

原因が隕石とは違うようだし、もしそうならミミスが一言「隕石が落ちたことと関係があるかもしれない」という報告があるはずだ。

それがないってことは違うだろうし、俺はちょっとホッとした。

「あっ⁉」

いきなり、ソフィアは驚いて、竜巻を指差した。

「あれを見て」

「ん？」

ソフィアに言われたとおりに竜巻を見る俺。

竜巻は今や毒の竜巻になっている。

その毒の竜巻の中で、さっき放り込んだ小石がぐるぐる回っている。

ぐるぐると回りながら、なんと、小石は磨《みが》かれていった。

渦巻《うずま》く毒霧に磨かれて、普通ではない光を放っていた。

俺は竜巻の中に手をつっこんで、小石を取り出した。

「これ……ペトラダイトだ」

「え？　ペトラダイトって、あの？」

「ああ」

俺は頷《うなず》く、ソフィアは驚いた。

「そうか、ソフィアは魔法に詳しいんだっけか」

「うん、ペトラダイトっていえば、魔力の伝導値が一番高い宝石じゃない」

「ああ」

魔法の杖《つえ》をはじめ、様々な魔導具——の高級品に必ず使われるものだ。

俺はペトラダイトを手に取って、握りしめて魔力を込めた。

するとまず赤色の光を放って、それから時間経過とともに橙《だいだい》色、黄色、緑——と落ち着いていき、やがて光が途絶える。

「本当だ、ペトラダイトだ」

「ああ」

「どうしてこんな貴重なものが落ちてたの？」

「……多分違う」

「え？」

俺は周りを見た。

地面にそこそこの石が落ちてたから、それを拾って、また毒の竜巻の中に放り込んだ。

そして、竜巻を操作する。

さっきよりも大きな石だったから、竜巻の勢いを相応に強くさせた。

すると、石は竜巻の中で「磨かれて」いった。

磨かれて、徐々にただの石から宝石に、ペトラダイトに変わっていくのが見て取れる。

「す、すごい……石がペトラダイトに変わったってこと？」

「ああ、人工物になるけど——」

俺はできあがったペトラダイトを手に取って、まじまじと見つめる。

「天然物とそんなに変わらないだろうな」

「……ちょっと待っててヘルメス」

「ん？」

何をするんだ、と不思議がりながらソフィアを見る。

ソフィアは俺と同じように石を拾って、毒の竜巻の中に放り込んだ。

そして俺から引き継いで、魔法で竜巻をコントロールする。

魔法が得意なソフィアは、難なく竜巻をコントロールして、石を磨き上げて、人工的なペトラダイトを作りあげた。

「ヘルメス！　これなら普通の魔法使いでも生産できそうよ」

「だな」

「すごいわヘルメス、まさかこんなのを見つけるなんて。やっぱりヘルメスってすごい！」

「……へ？」

どうやらソフィアの中では、俺が見つけた方法ってことになってるみたいだ。

いや、それはそうだけど……そうだけど。

「おおぅ……」

なんでそうなるんだ、ってちょっとがっくりくる俺だった。

135 岩で修行する

とある日の昼下がり、俺はリビングでくつろいでいた。

窓越しのポカポカ陽気にうとうとしながら、たまにくる時の流れが遅い一日を満喫《まんきつ》していた。

そんな俺の横でメイドが控えていた。

たまに手を伸ばして紅茶を飲んだりお菓子を摘《つ》まんだりすると、メイドはすぐにそれを補充してくれた。

至れり尽くせりでくつろいでいたら、メイドの様子が目に入った。

仕事はそつなくこなしているけど、ちらちらと、何か言いたげに俺を見ていた。

「どうした?」

「あっ……」

「なにかあったのか」

「その……」

メイドはちらっ、と一度窓の外を見てから、意を決した様子で切り出した。

「その、ご主人様には面倒臭《めんどうくさ》い話かもしれないですけど……」

「ん」

「ミデアちゃんのことなんです」

「ミデアがどうかしたのか？」

「実は今朝から様子が変なんです」

「様子が変？」

俺は寝っ転がっているソファーの上で座り直して、メイドを真っ正面から見つめた。

「どう変なんだ？」

「なんか思い詰めてるみたいな感じなんです。元気が全然なくて、話しかけても生返事で」

「ふむ。それはおかしいな」

まったくもってミデアらしくなかった。

ミデアといえば、あの底なしに元気なのがトレードマークの女の子だ。

猪突猛進《ちょとつもうしん》過ぎるきらいはあるが、およそ悩みとは無縁な子だ。

そんなミデアが思い詰めている——となると確かに気になる。

「見てこよう。どこにいるんだ？」

「さっき庭の方にいました」

「ん」

なるほどそれでメイドはちらっと窓の外――庭がある方角を見たんだな。

俺は立ち上がって、メイドを置いてリビングを出た。

長い廊下《ろうか》を通って、屋外に出てぐるっと庭に回る。

庭を少し歩くと、ミデアを見つけた。

「……」

メイドの言うとおり、ミデアの様子は確かに変だった。

庭で剣を振っているが、明らかに身が入っていない。

普段のハキハキとした様子からは程遠くて、まるで抜《ぬ》け殻《がら》のような、あるいは真っ白に燃え尽きたかのように感じた。

よほどのことだろうな、そう思いながらミデアに近づいた。

俺が近づくのにもまったく気づかないで、ミデアは気の抜けた剣を振りつづけていた。

「ミデア」

「……」

反応がなかった。

数メートルのところまで近づいて、声をかけてもミデアは反応しなかった。

「ミデア」

「……」

「ミーデーアー？」

「……ふっ」

「――っ！」

瞬間、ミデアは顔を強《こわ》ばらせて、飛びのいてこっちに向かって剣を構えた。

気の抜けたミデアに言葉が届かないとみて、俺は軽く彼女に「殺気」を当ててみた。

さすがにそれには気づいたのか、ミデアはパッとこっちを向いた。

「し、師匠《ししょう》!?」

「気がついたか」

「あれ？　でも今のって……」

「気にするな」

我に返ったミデアは、俺に殺気を当てられたことを不思議がった。

普段ならまずあり得ないことだから、不思議がるのは分かる。

「それよりも、何かあったのか？」

「え？」

「元気がないって周りが心配してたぞ」

「あっ……」

ミデアはハッとして、自分の顔をべたべた触ってみた。

「私……そんなに元気がなかったですか？」

「まあな」

殺気を当てないと反応しなかったくらいだしな。

「相談に乗るぞ？　何があった」

「……」

ミデアはしばらく俺をじっと見つめて、やがて――

「うわーん！」

と、子供のように泣き出してしまった。

「ちょ、ちょっとちょっと」

さすがにこれには驚いてしまった。

まさかこんな風にいきなり泣かれるなんて思ってもみなかった。

「ぴえーん」

「泣くな泣くな、えっと……とにかく泣くな」

俺は慌ててミデアをあやす――が、泣いた女の子のあやし方なんて分からないから、ちょっとパニックになってしまった。

それでも周りをオロオロしてると、次第にミデアは落ち着いてきた。

「ごめんなさいししょー……」

幼い女の子のように一通り泣きじゃくった後、ミデアはしゅん、と小さくなってしまった。

「いいんだ。それよりも本当に何があったんだ？　話してくれないか」

ミデアはじっと俺を見つめたまま、少しの間迷ってから。

「……たんです」

「ん？　なんだって？」

「おばちゃんが、できたんです」

小声で絞《しぼ》り出すように話したのは、ちょっと意味が分からない言葉だった。

「何を言ってるんだ、お前は」

俺はきょとんとなった。

おばちゃんができたって……どういうことだ？

おばができたってことは、おじの誰かが結婚したってことか？

まああのエロ剣聖なら――って思っていると。

ミデアは懐《ふところ》から一枚の写真を撮りだして、俺に見せた。

写真に写っているのはまだ生まれて間もない、手足がぷにっとしてる可愛《かわい》い赤ん坊だ。

「これです……」

ミデアは相変わらずシュンとなったままそう言った。

「へえ、可愛いな。誰の子だ？」

ミデアの落ち込みようから、一瞬だけミデアの子――なんてあり得ない想像が頭をよぎったが、ミデアとはちょこちょこ会ってるからそれはない。

「おじいちゃんの」

「え？」

「おじいちゃんの、子供です」

「へえ」

あの剣聖じいさんの。

確かめちゃくちゃ子だくさんだったっけなあのじいさん、その内の誰かってことか。

なんて、呑気《のんき》な感想を持っていると。

「おじいちゃんの、『新しい』子供なんです」

「――なぬ？」

ミデアはがっくりとしたまま、さらにもう一枚の写真を撮りだした。

今度は登場人物が三人いた。

まず、さっきの赤ん坊。

そして、赤ん坊を抱いている、若くて綺麗《きれい》な女の人。

最後に、デレデレしている剣聖のじいさん。

「……」

じいさんと、美女と、赤ん坊のスリーショット。

その組み合わせに、俺は一瞬思考が停止した。

それはミデアには通ってきた道のようで、彼女は消沈したまま詳しく説明した。

「おじいちゃんの新しい子供で、年下のおばちゃん、なんです……」

「やりたい放題かよ、あのじじいは！」

俺は思いっきり突っ込んだ。

まさかまさかの結末だった。

確かにおかしいって気づくべきだった。

ミデアは最初から「おばちゃん」という話で写真を持ち出した。

そして写真は明らかに最近撮られたものですごく新しいものだった。

ヒントはいくらでもあって、普通に気づけるものだったんだが、気づかなかった。

ていうか。

あのじいさん、前に報告書を見た時からめちゃくちゃなエロジジイだってのは知ってたけど。

「まだ現役《げんえき》だったのか……」

「おじいちゃんから剣を取ったらエロしか残らないから……」

「にしたって限度があるだろ」

老いてますます盛んって言葉があるけど、お盛ん過ぎるだろ。

でも、まあ。

話は分かった。

自分よりも年下のおばちゃん、しかも赤ん坊。

それができてしまって、それで落ち込んでたんだな。

一通り説明し終えたミデアは、また落ち込んでしまった。

あの明るいミデアがこんな風に落ち込んでるのは似合わない。

そういう意味では、俺は頼みごとをしてきたメイドとまったく同じ意見だった。

元気づけてやりたい。

ミデア相手なら……ここは……。

☆

俺は空を飛んで、野外にあったでっかい岩を持ってきた。

人間よりも遙《はる》かに大きくて、小さめの一軒家くらいはある巨大な岩だ。

それを持ってきて、庭に置いた。

言われた通り庭で待っていたミデアは、岩を見て首を傾《かし》げた。

「師匠、これはなんですか？」

「新しい修行だ」

「新しい修行!!」

俺の言葉を復唱して、途端に目を輝かせ出すミデア。

うん、やっぱり彼女はこっちの表情をしてる方がずっといい。

「もしかして、岩を切れってことですか」

「ああ、よく分かったな」

「おじいちゃんから似たようなことを聞いたことがありますから!」

「なるほど」

そうだろうな、と俺は思った。

俺もかつて、これを教わったからな。

誰が最初にやり出したのかなんて分からないけど、あっちこっちでやられてる修行法らしい。

「どうすればいいですか、師匠!」

「まずは一回やってみろ。それでどのレベルから教えた方がいいのかを見る」

「分かりました!!」

ミデアは素直に頷《うなず》いた。

自分の剣を抜いて構えて、岩と向き合った。

岩は、平面で見てもミデアの背丈の三倍くらいはあった。

その巨大な岩に、ミデアは剣を振り抜いた。

岩が切れた——が。

あまりにも岩が大きすぎたため、切れたといっても、表面に切り傷をつけた程度のものにとどまった。

「どうですか、師匠！」

「いい感じだ。普段からよく修行してるのが分かる」

「ありがとうございます！」

「これなら最初のをすっ飛ばしていいだろう。岩の呼吸を——岩の呼吸って分かるか？」

「岩の呼吸、ですか」

ミデアは小首を傾げて、思案顔をした。

「おじいちゃんが昔、天地万物にはそれぞれの呼吸がある、って言ってたけど、それですか？」

「それだ」

俺は頷いた。

そして、ちょっとホッとした。

剣聖のじいさんも言ってたことなら問題はないな。

「その呼吸を感じてみろ。呼吸ってのは文字通り呼と吸、つまり強弱がある。弱のところを感じ取ってそれを狙うんだ」

「は、はい！」

まずは本質を伝えてから、細かいところを教えてあげた。

ミデアは説明を聞いて少し首を傾げた。

傾げながら、うーんうーんとうなった。

困ってる顔だが、それはさっきまでとちがって、前向きな悩みだったから、思う存分やらせることにした。

「あの……師匠」

「どうした」

「本当に、呼吸を感じてできるんでしょうか」

「ああ」

「そうですか……」

ミデアはなおも困った顔をしていた。

信じられないような顔をしている。

ちょっとやってみせるか。

俺は昔のことを思い出した。

俺に岩の呼吸を教えてくれた子は、最終的に豆腐で作った剣でドラゴンを斬《き》れ、とか無茶ぶりをしてきたが、さすがにそれをミデアにやらせるつもりはない。

　無茶ぶりすぎるし、それだとまた「すごい」に繋《つな》がりかねない。

　それよりも、剣で普通に岩を切る、に留めておくべきだ。

　俺はそう思って。

「貸してくれ」

「あ、はい！」

　ミデアから剣を受け取った。

　そして岩の前に立つ。

　岩の呼吸を感じる。

　呼吸を感じて、剣でたたき切る。

　入門の一ページ目を、ミデアに実演して見せた。

　剣をためて、振り下ろすと、巨大な岩は真っ二つに割れた。

「こんな感じだ」

　振り向き、ミデアに言う。

　ミデアはぽかーんとしていた。

「大丈夫だ、練習すればミデアにも――」

「すごい、おじいちゃんもできなかったのに」

「――できる、んんん？」

今なんて言った？

オジイチャンニモデキナカッタノニ。

……んんん？

「待て、ミデア。お前さっき、じいさんが同じことを言ってたって言ってなかったか？」

「はい！　おじいちゃん言ってました。天地万物にはそれぞれの呼吸があります」

「だよな、なら――」

「その呼吸を感じ取れるようになるのが、剣の到達点である、です」

「――到達点？」

「到達点」

ミデアははっきりと頷いた。

「入り口じゃなくて？」

「違います、到達点です。理想です」

「……りそう」

俺は棒読みでつぶやいた。

待て、って……ことは……。

「すごいです師匠《ししょう》！」

「はうっ！」

「もっと教えて下さい！　今のどうやったんですか、わたしどうすればいいですか？」

どうやら、勘違いが勘違いを呼んでしまったようだ。

勘違いで色々見せてしまって、ミデアはますます俺のことを尊敬する目で見つめた。

「おっふ……」

俺はがっくりきたが。

「お願いします！　師匠!!」

ミデアがすっかり元気になったから、しかたないか、って思うことにしたのだった。

136　温泉の力で暴走するヘルメス

この日、俺は朝から執務をしていた。

いつものようにミミスに報告をさせて、それを適当に許可していく。

そんな中――。

「こちらがペトラダイトの査定額となります」

ミミスが差しだした報告書に目を通した。

他の案件に比べて、結構真面目《まじめ》に目を通した。

ペトラダイトというのは、先日のフロリナの一件で、俺が見つけた人工の宝石のことだ。

フロリナの町で吹き出した謎の霧。

あれを風の魔法でコントロールして、これまたフロリナにある石を研磨させたら、天然のペトラダイトとまったく同じ性質を持つようになった。

魔力で宝石を作るケースが結構ある。

有名なところだと、オリクトという魔物が常に魔力を放出するから、それが生息地の壁にこびりついて、何層も何層も積み上げた――いわばパイ生地のような宝石をオリクダイトという。

オリクダイトは魔術的な使い道はほとんどないけど、層の重なり具合が自然と綺麗《きれい》な形にでるから、ダイヤモンドと並んで女性に大人気な宝石である。

そのペトラダイトの報告だ。

「結構な額になるな、やっぱり」

「はい。その次のページが、年間の生産予想量になります」

「……産業として成り立つな」

「はい。つきましては風系の魔導師の雇い入れと、現地フロリナで生産拠点を建築するプランを――」

「全部任せる」

「承知いたしました」

ミミスは深々と頭を下げ、了承した。

その先の細かい話は領主がいちいち関与するべき領域じゃないし、今までも似たような案件を全部ミミスに任せてきた。

だから俺が一任するって言ったらミミスはすぐに受け入れた。

「つきましては」

「ん？」

「王家への届け出でございます」

「届け出？」

なんじゃそりゃ。

「貴重な資源を発見した場合は届け出るのが慣例でございます。もちろん領内のことですのでなくてもかまいませんが――」

「ああ、じゃあやっといてくれ」

こういうのは無届けでやったらあんまりよくないわな。

いや待てよ？　完全に隠して、密貿易ってかたちにすれば評価下がるか？

……いやいや、それはダメだ。

たぶん、それをやったら何かしらの形ででっかいしっぺ返しがくる。

今までも、わざと評価を下げようとしたら逆効果になったことの方が多い。

余計なことは考えないでおこう。

「続きまして、魔物カルキノスの討伐《とうばつ》要請です」

「討伐要請？」

「はい。コルキス男爵の領土との境に出現した魔物です。コルキス領に現れましたが、我がカノー領も一部活動範囲に入っているので、討伐に手を貸してほしい、と」

「討伐かあ」

討伐はしたくないんだよなあ。

何をどうやっても、ストレートに名声が高まっちゃう案件だからな。

「コルキス男爵は既に大部隊を展開していますので――」

「じゃこっちも部隊を編制して協力してやってくれ」

俺はミミスの言葉の流れに乗った。

何も俺自身が出ることはない。

向こうが部隊編制してるのなら、こっちも部隊を差し向ければいい。

「承知いたしました。最後に温泉の件でございます」

「温泉」

「例の温泉でございます」

「ああ、分かった。そっちは任せろ」

俺は即答した。

☆

温泉。

それは、カノーの初代当主の男――つまり俺たちの御先祖が、剣一本で掘ったというわけの分からない温泉だ。

掘るのに使ったのが剣一本というのもわけ分からないし、その剣の影響でその後ずっと瘴気《しょうき》が噴き出し続けるのも謎だ。

その瘴気に中《あ》てられて、動物が時々凶暴化するから、定期的に瘴気を散らすのがカノーの当主の役目だ。

その間隔が大体年に一度で、今年もその時期がやってきた。

☆

「温泉、温泉、たのしいおんせんー」

街道から外れた、道のない郊外。

その郊外を、一頭のドラゴンがのっそのっそと歩いていた。

巨大なドラゴン、その背中で神輿《みこし》を担《かつ》いでいた。

その神輿はドラゴンのサイズに比して、一軒家くらいの大きさがあった。

それを背負って動くドラゴンは、まるで歩く家のようにも見える。

その神輿の上に、俺とカオリが乗っていた。

いや、カオリが乗ってきたところへ、俺が無理矢理引きずり込まれたのだ。

「なんなんだ、これは？」

「これってなんのことなのだ？」

「二つあるけど……まずこいつ」

俺は下を――つまり乗っているドラゴンを差した。

「ポチのことなのだ？」

「そんな可愛《かわい》いもんじゃないだろ!?」

「お父様がつけてくれた名前なのだ。ちゃんと〝お手〟と〝お座り〟と〝チンチン〟ができるまでしつけたから、だったら名前はポチがいいってことになったのだ」

「この図体《ずうたい》で〝お手〟とか屋敷が一軒つぶれるぞ」

その光景を想像して白目になった。

「もうひとつはなんなのだ？」

「なんでカオリが一緒に来てんの？　俺、仕事しに行くんだけど」

「それは姪《めい》っ子《こ》ちゃんに頼まれたのだ。今回は自分は行けないから、代わりに私に一緒に行ってほしいってお願いしてきたのだ」

「なるほど……」

姉さんの仕業《しわざ》かよ。

……。

姉さん、なにか企《たくら》んでるんじゃないだろうな。

何をされても大丈夫なように、油断せず警戒していこうと思った。

「にしても久しぶりだな、温泉は」

「私もなのだ、かれこれ二〇〇年ぶりなのだ」

「そんなに久しぶりじゃねえよ！」

さらっと人間の寿命《じゆみよう》以上の話が飛び出してきた。

「なんでそんなに久しぶりなんだ？」

「私は熱いのが苦手なのだ、すぐにのぼせてしまうのだ」

「そうなのか」

「二〇〇年前も、のぼせて力が暴走したときに山を一つ吹き飛ばしたのだ」

「のぼせるにも程がある！」

「でも甥《おい》っ子《こ》ちゃんがいるから安心なのだ。のぼせたら止めてくれなのだ」

「えー……もう帰っていいっすか……」

俺はげんなりとなった。

途中までは、温泉だということで、カオリが一緒だけど温泉なら何事もなく静かに――って思ったけど考えが甘かったみたいだ。

「たのしみなのだー」

「……そうだな」

いざって時はカオリを止めなきゃいけない。

俺は、今すぐに帰りたい気持ちでいっぱいだった。

☆

カオリのポチに乗って、やってきた温泉は、前に来たときとほとんど何も変わってなかった。

道中、カオリと姉さんのことでいろいろ警戒していたが、いざ温泉まで来てみると、そんなことはもうどうでもよくなって、とにかく温泉に入りたい、って気分になった。

温泉の魔力、恐るべし——って思った。

温泉にくっついている旅館風の建物に入ると、「温泉欲」がますます膨《ふく》らんだ。

「早速ひとっ風呂浴びてくるか」

「そうするのだ！」

「……」

俺はノリノリのカオリを見つめた。

「どうしたのだ？」

「カオリも入るのか？」

「もちろんなのだ」

「うーん」

「どうしたのだ？　あっ、分かったなのだ」

「へ？」

ポン、と手を叩いたカオリ。

彼女はむむむ、って感じで何かを念じると、体からまばゆい光を放ち出した。

光がぱあと広がって、収まった後。

そこにいたのは、グラマーな姿になった、前にも見たことのある大人なカオリだった。

「姪っ子ちゃんに言われてたのだ、甥っ子ちゃんと一緒に入るときは、こっちの姿がいいのだ」

「いやいや」

「サービスなのだ」

「いやいいから本当に」

俺ははあ、とため息をついた。

「元の姿に戻ってくれ」

「こっちじゃなくていいのだ？」

「ああ」

というかその姿だと落ち着いて入れない。

ちょっと……こう……。

ボン！　キュッ！　ボン！　が過ぎて、落ち着いて入れない。

「分かったなのだ！」

カオリは意外にも、素直に要請を聞き入れてくれた。

再び光を纏《まと》って、もとの幼い姿に戻った。

そんなカオリと一緒に温泉に向かった。

脱衣所に入って、温泉が見えるとカオリはパパっと服を脱ぎ捨てて、温泉に飛び込もうとした。

「あーまてまて」

俺はカオリをつかんで引き止めた。

「どうしたのだ？」

「いきなり飛び込んじゃだめだ。まずはちゃんと体を洗うんだ」

「えー、面倒臭《めんどうくさ》いのだ」

「えーじゃない」

「ぶーぶー」

「ぶーでもない」

「じゃあ甥っ子ちゃんが洗ってくれなのだ」

「俺が？」

「そうなのだ」

「はいはい、分かった分かった」

温泉を前に、つまらないことで言い争っても仕方ない、と。

俺はカオリを洗ってやった。

石けんをタオルで泡立《あわだ》てて、カオリを洗ってやった。

幼い姿にもどさせてよかった。

ボン！　キュッ！　ボン！　な姿だったら色々とヤバかった。

一通り洗って、お湯をかけて流してやった。

「ありがとうなのだ。今度は私が甥っ子ちゃんを洗ってやるのだ」

「そうか、じゃあ頼む」

俺は頷《うなず》き、カオリに洗わせた。

背中をゴシゴシと洗ってくれたカオリの手際《てぎわ》は予想してたものよりもよくて、結構気持ちがよかった。

「じゃあ流すのだ」

「頼む」

パシャ！　って温泉の湯をかけてくれたカオリ。

流れていく泡を眺めつつ、やっぱり気持ちいいな、って思った。

ドックン。

「あれ？」

「どうしたのだ？」

「今の……なんかしたか？」

「私なのだ？　何もしてないのだ」

「……そうか？」

否定するカオリ。

彼女は嘘をつくタイプじゃない。

超生物の魔王は、嘘をつく必要が一切ないから、嘘をついてるところを見たことがない。

彼女が違うって言うのなら、それは違うのだろう。

でも、だったら。

今の妙な鼓動はなんだったんだ？

「それよりも洗ったから入るのだ。入ってもいいのだ？」

「え？　ああそうだな」

考えごとをしている俺の前に立って、きらきらした目で見つめてきたカオリ。

これまでお預けを食らったカオリは、すぐにでも湯の中に飛び込みたいっていう目をしていた。

「ちゃんと洗ったし、入ろうか」

「わーい、なのだ」

「飛び込むんじゃないぞ、ゆっくり入れよ」

「分かったのだ」

俺はカオリと一緒に温泉に入った。

湯に入って、肩までしっかりと浸かって。

「ふぅ……、いい湯だな。相変わらず」

「そうなのだ」

気持ちがよかった。

肩まで浸かって、ものすごく気持ちよくなった。

気持ちよくて、次第にぼうっとしてきた。

なんかお酒を飲んだ時みたいに体がふわふわする。

いかん、のぼせてきたか？

「あっ、そういえば」

「なんら？」

「ここ、おばさまで掘った温泉なのだ」

「ほえ?」

「お父様がおばさまで掘った温泉なのだ、聞いてたけど来るのは初めてなのだ」

「らりをゆっれるのらわららい」

俺はますますぼうっとなった。

カオリが何か言ってるようだけど、言葉の意味が頭に入ってこなかった。

まいっか、気持ちいいし。

と、思った直後——

ドックン!!

心臓が大きく跳ねた。

何かが体の中に入ってきて、一つになって混ざり合っているのを感じた。

「甥っ子ちゃん?」

「……」

「おおっ! これはもしかしてなのだ?」

「……」

「やっぱりそうなのだ。甥っ子ちゃんの中にあるおばさまの力と、温泉に残ったおばさまの力が共鳴してるのだ」

「……」

ドックン!!　ドックン!!

「うーん、でも共鳴すると――どうなるのだ?」

カオリがきょとんと、首を傾《かし》げていた。

俺は温泉の中で立ち上がった。

周りをぐるっと見た。

「……感じる」

「なにをなのだ?」

「……ふっ」

俺は空を飛んだ。

温泉から真上に飛び上がった。

途中で裸に気づいて、力を放出させて物質化した。

新しい力――黒いオーラを出して服にした。

服を着た俺は、空中でもう一度方角を確認。

そして――力を感じる方角に飛んでいった。

飛んで数十分、たどりついたそこには、二種類の旗を掲《かか》げてる二つの軍隊と、一体の巨大なモンスターが戦っているのが見えた。

「こいつか……」

空から、二つの軍隊を苦戦させている魔物を見下ろす。

「さて、どうするか……」

俺は、ぼんやりとした頭で考えた。

☆

「あいてて……」

気がつくと、なぜか頭がズキズキしていた。

ズキズキする頭を押さえて、体を起こす。

「……あれ？」

俺はベッドの上にいた。

窓の外を見ると、それはよく見慣れた景色、ピンドスの屋敷の庭の景色だった。

「屋敷？」

俺は首を傾げた。

いつ戻ってきたんだ？

俺は温泉に行ってたはずなんだが……。

なんで戻ってきたのか――って考えようとすると、頭がまたズキズキした。

まるで、二日酔いの時と同じ頭痛だ。

「いつ酒なんて飲んだんだ？」

やっぱり何も思い出せないでいると――

「おはようなのだ」

「うわっ！」

いきなり声をかけられて、飛び上がりそうなくらいびっくりした。

カオリだった。

カオリはベッドの中で、俺に寄り添って寝ていた。

幼い姿で、浴衣《ゆかた》姿だったが、なぜかちょっとはだけていた。

「甥《おい》っ子《こ》ちゃんおはよーなのだ！」

「カオリ？　どうしたんだここで」

「昨日はたのしかったのだ」

「昨日？」

どういうことだ？　と首を傾げる。

次第に、悪い予感がした。

カオリが「たのしかった」っていうときは、大抵やばいことをやらかした「後」。

「そうなのだ。それにかっこよかったのだ」

「かっこよかった」

「覚えてないのだ？」

「よし、なかったことにしよう」

「なかったこと？」

「それか時を戻そう」

「甥っ子ちゃん、何を言ってるのだ？」

「とにかく――」

「おばさまの力と共鳴して、カルキノスに〝お手〟を仕込んだのはかっこよかったのだ」

「――って何をやってんの俺は!?」

俺は悲鳴を上げた。

やっぱり、何かをやらかした後みたいだ。

「って、カルキノス？」

「カルキノスなのだ」

「例の討伐《とうばつ》の？」

「討伐？　そういえば甥っ子ちゃんがしつけてる最中に、なぜか人間の軍隊が周りで見ていたのだ」

てことだよな。

……おっふ。

「衆人環視《しゅうじんかんし》でやったのかよ俺は!!」

俺はベッドの上でがっくりきた。

カルキノスと軍隊ってことは、コルキスの軍とうちの軍のどっちか――それか両方とも、っ

大軍で討伐しなきゃいけない魔物を、その大軍の目の前でしつけた。

「さすが甥っ子ちゃんなのだ。そうだ、しつけたからあれもポチって名付けるのだ」

「それだけはやめて本当に……」

そんなことをしたらカオリのペットのドラゴンと繋《つな》がってしまう。

これ以上はさすがにやめて、って俺はカオリに懇願《こんがん》したのだった。

137 好きこそ物の本気なれ

よく晴れた昼下がり。

だらだらするために庭に出ようとすると、廊下《ろうか》で向こうからやってくる姉さんと遭遇《そうぐう》した。

「姉さん」

「丁度《ちょうど》よかった。ヘルメス、あなたに荷物が届いてましたよ」

「俺に？」

「はい」

姉さんは持っていた小包を差し出してきた。

俺は受け取って、小包をまじまじと見る。

片手でも持てる程度の小包で、差出人も何も書かれていない。

「なんだ、これは？」

「ノイノスから、と。届けてきた者が名乗っていったそうです」

「マジか！」

その名前を聞いた瞬間、俺は興奮した。

小包をビリビリと破いて、中身を取り出す。

中身は一冊の本だった。

「なんですか、それは？」

姉さんは顔を出して俺が持ってる本を覗《のぞ》き込んで、眉《まゆ》をひそめてしまった。

「はあ、また写真集なのですか？」

「ちっちっち、甘い、甘いぞ姉さん。ドーナッツの蜂蜜漬《はちみつづ》けよりも甘い」

「想像しただけで胸ヤケします――ではなんですかそれは？」

「説明するよりも見てもらった方が早い」

俺はそう言って、写真集を姉さんの前で開いた。

次の瞬間、開いたページから一人の美女の姿が飛び出した。

うっすらと、半透明ながらも、ページの上に浮かび上がっているように見える。

「こ、これは!?」

さすがの姉さんも、これを見て驚いた。

浮かび上がった美女の姿と、俺の顔を交互に見比べて驚いている。

「飛び出す写真、ってところかな」

「飛び出す写真？」

「そうだ。写真集ってのは、構図によってこうとか、こうやってとかするだろ？」

俺はそう言いながら、その写真集を普通のもののように、下とか横からとか覗き込むような仕草をした。

瞬間、姉さんはジト目を俺に向けた。

廊下の温度が一瞬で数度下がってしまったかのような冷たい目だ——が。

俺のテンションが高いままだったからそれは相殺《そうさい》された。

「でもそんなことをしても何も見えない。でも見える、そうこの飛び出す写真ならね」

「つまり……」

「ほら、この角度からだと前だけど、こっちに回るとうなじがはっきりと見える」

「なるほど……」

「姉さんも見てみなよ」

テンションが低い姉さんに飛び出す写真集を押しつけた。

姉さんは気が進まない感じながらも、パラパラと写真集をめくっていった。

ページをめくる度《たび》に、飛び出していた半透明の美女が消えて、別の構図、あるいは別の美女が飛び出した。

そうやって、パラパラと最後のページまでめくった姉さんは。

「あら？」

と、最後のページを見て驚いた。

「どうした姉さん」

「この最後のページに……技術提供、ヘルメス・カノーとありますが」

「ああ、俺が協力したからな」

俺は腰に手を当てて、胸を張った。

「協力？」

「新しい技術を開発して提供した」

「……この飛び出す写真を？」

「発明した」

俺は頷《うなず》いた。

この写真集に載っているのも、みな「オルティア」だ。

「ノイノスっていうのは写真集の元締めみたいなやつで、オルティアたちの魅力をもっと世の男たちに届けるためにはどうしたいいのかって相談を受けたんだ」

「……それでこの技術を？」

「ああ、ちょっと本気を出してみた」

「そーい」

姉さんは窓を開けて、写真集を大空に投げ捨てた。

あっという間に星になってしまった写真集。

「何をしているのですか、ヘルメス」

「いやだから、オルティアのために――」

「そんなことだけに本気を出さないで、普段から本気を出して下さい」

「えー……面倒臭《めんどうくさ》いよそれ」

「面倒臭いじゃありません！」

姉さんはプンプン怒った後、はあ、とため息をついた。

「もう、何を言っても無駄なようですね」

「まあそうかな」

「……その技術」

「うん？」

「ヘルメスが発明したというのはみなが分かっているのですか？」

「ああ。最初は技術の特許料を払うって言ってたんだけど、それじゃインディーズでオルティアの写真集を出すところが使えなくなるだろ？　だから最後に俺の名前を載っけたらだれでも好きに使っていいっていうことにしたんだ」

「……分かりました。もう何も言いません」

「えっ、そう？」

姉さんはあっさりと引き下がった、それがちょっと意外だった。

そのまま身を翻《ひるがえ》して、廊下の向こうに消えていった。

納得してくれたのか。

☆

数日して、リビングでくつろいでいると。

ミミスが入ってきた。

執務が終わった後にミミスが来る、しかもリビングに来るのは珍しいことだ。

何があったのかと、俺は寝っ転がっていたが、すぐに体を起こしてミミスを見た。

「どうした？」

「ご休憩中のところすみません。リナ様が訪ねてこられました」

「リナが？」

俺はふーん、ってなった。

リナが来るなんて一度や二度のことじゃない、むしろちょこちょこ来てる。

俺は身構えたのを解いた――が。

「殿下は正装でいらっしゃっておりますので、ご当主様も」

「正装?」

「はい」

「……なんで?」

「さあ、私には……」

ミミスも眉をひそめていた。

何か隠しているとかそういうわけじゃなくて、ミミスも状況が把握《はあく》できていないみたいだ。

「……」

悪い予感がした。

とても悪い予感がした。

「分かった、着替えて会う。少し待ってもらえ」

「はっ」

ミミスが出ていった直後、俺はメイドを呼んで、まずは正装に着替えた。

貴族としてのちゃんとした格好に着替えてから、応接間に向かった。

応接間にはリナがいた——が。

リナだけではなく、何人もの役人もいた。

その中には見知った顔もいた。

「たしか……モーロ」

「うむ！　モーロ・コロコスだ。久しいなカノー卿《きょう》」

「お、おう」

モーロは前に会った時と変わらず、暑苦しい感じだった。

俺の手をとって、一方的に振り回す握手をした。

「えっと……これは？」

どういうことなのかと、俺はリナを見た。

「上意である」

「え？　あ、はい」

上意――国王の言葉と聞いて、俺はリナの前に跪《ひざまず》いた。

リナはモーロから何かを受け取って、それを開いて、読みはじめた。

「この度の、新型砂盤《さばん》への技術供与、誠にあっぱれである」

「しんがた……なんだって？」

「本来ならば報酬《ほうしゅう》を下げ渡すところだが、この技術に報酬は受け取らず、その分活用したいという卿の思いに余《よ》はいたく胸を打たれた」

「報酬は受け取らない……」

なんだ？　なんの話だ？

なんか、悪い予感がしてきたぞ。

「その赤誠《せきせい》と功績を称《たた》え、今後はその技術を用いたものはすべて、ヘルメスの名を冠することを許す——以上」

「え？」

「お礼は？」

「あっ。ありがたき幸せ」

俺は頭を一度下げて、リナから今し方読みあげられた詔書《しょうしょ》を受け取って、立ち上がった。

そして、恐る恐るリナの表情をうかがいながら、聞いた。

「あの……これは一体？」

「そなたの姉の運動があってな」

モーロとか役人たちの手前、俺とリナは普段のじゃなく、余所行《よそゆ》き用の固い口調でやり取りする。

が、固い口調であっても、リナがにやにやしているのが分かった。

「姉さんが？」

「うむ。砂盤は知っているな」

「はい……兵器演習で使う砂の盤面。作戦を立てるときに、砂を使うことで立体的に地形を反映するもの——ですよね」

「うむ、その砂盤は文字通り砂を使っていたのだがそれではかさばるし汚れる。それを解決するために、そなたが飛び出す写真の技術を開発した――とそなたの姉から聞いているが？」

「……あ」

「思い出したか」

「あ、あれはそうじゃなくて、写真集の、商売のために――」

「ほう、それはすごいな」

「へ？」

リナは感心した。

何がすごいんだ？

「軍事技術から民生への転用はよく聞くが、民生から軍事へはなかなかないことだぞ」

「むむ」

「さすがだカノー卿。そのこと、改めて陛下に報告しておくぞ」

「え？　ちょちょ、ちょっと待って」

俺はリナを止めたが、彼女はまったく止まらなかった。

「ねえさぁん……」

俺の知らないところで、姉さんが飛び出す写真集のことを、俺の発明だと強調して王国に売り込んだようだ。

おっふ……。

138 女の子と綺麗な物

「ヘルメスちゃん、一生のお願い」

「よーしよし、なんでも言ってみろ」

「いたっ、いたたたたた！　ヘルメスちゃん言ってることとやってることが矛盾《むじゅん》してるよ」

「おっとこれはすまん。つい」

俺はオルティアのこめかみをグリグリするのをやめた。

娼館《しょうかん》の中、いつもの部屋。

オルティアとぐだぐだしてたら彼女がそんなことを切り出してきたから、ついいつもの調子でグリグリやってしまった。

「で、今回の一生のお願いってなんだ？」

「あのね、ガラスバナっていう花があるみたいなんだけど、ヘルメスちゃん知ってる？」

「知らないな……どういう花なんだ？」

「あたしも知ったばかりなんだけど、なんでも土の中で咲く花らしいんだ」

「土の中で咲く花？」

俺は首を傾《かし》げた。

そんなものがあるのか。

「……それは致命的なんじゃないのか？　花って、ミツバチとかに受粉の手伝いをしてもらわないとだめなんだろ？　土の中で咲いてたんじゃそれ無理なんじゃないのか？」

「なんかね、アリに手伝ってもらってるんだって」

「なるほど、土の中だとアリか」

「でねでね」

オルティアは身を乗り出して、興奮気味に話した。

「その花なんだけど、花びらがガラスみたいに透明で綺麗《きれい》なの」

「透明か……ちょっと想像つかないな」

自然界にある植物が透明だなんていうのはちょっと想像しにくいんだけど。

「本当にあるのか？」

「うん！」

オルティアは自信たっぷりに頷《うなず》いた。

そこまで言うからにはあるんだろうな。

「ねえヘルメスちゃん、あたしそれが欲しいな」

「飾るのか？」

「うん！　飾って眺めたいの。ねーえ、それ持ってきてくれたらなんだってする、あなただけのオルティアちゃんになるから」

「はいはい、俺だけ俺だけ」

オルティアは娼婦だ。

娼婦の「あなただけ」というのを信用するほど子供じゃない。

それは別に信用しちゃいないが、オルティアの嬉しい顔はこっちも見てて嬉しくなるから、それをすることはやぶさかじゃない。

「……そのガラスバナって」

「なに？」

「難しいのか？　取ってくるの」

「ううん。土の中に埋まってるから見つけるのが難しいだけ。だから普通は人海戦術でありそうなところをくまなく探すんだって」

「それだけか？」

「うん、あたしが聞いてるのは」

「なんか特殊な方法じゃないと取れないとかはないのか？」

「あはは、あたしがそんな面倒臭《めんどうくさ》いことをヘルメスちゃんに、痛い痛いいたたたたた！」

俺は再びオルティアのこめかみを拳でグリグリした。

「どの口がいうか」

「もうっ、ヘルメスちゃんひどい！　娼館内暴力だよこれ」

「わけの分からない言葉つくってんじゃない」

一セット分グリグリやってからオルティアを解放してあげた。

そして少し考えてから。

「分かった、探してみる」

「わーい！　ありがとうヘルメスちゃん！」

☆

「ガラスバナ？　うちにはないけど、領主様なら二〇〇～三〇〇人くらいまとめてお使いに出せば見つかるんじゃないの？」

娼館を出た後、その足で近くの花屋にやってきた。

花屋のおばちゃんにガラスバナはあるかって聞いたら、こんな答えが返ってきたわけだ。

「やっぱりしらみつぶしに探せばいいのか」

「そうだねえ。まあ、どうしても『あなたが取ってきてくれたのを』って女の子がねだってるんなら難しくなるけど」

「あー……」

そういう女っているよなあ。

「手作り」とかそういうのを重要視する。

俺は少し考えて、念には念を押してさらにおばちゃんに聞く。

「その花って女の子には人気なのか？」

「人気だねえ。形も綺麗だけど、透明の花びらってのが輪をかけて綺麗なのさ。活《い》けたまま日差しを受けさせると朝、昼、夕方と三段階の違う姿が楽しめるのさ」

「なるほど」

ってことは、オルティアも純粋に綺麗だから欲しいってことで俺に頼んだってことか。

「分かった、ありがとう」

俺はおばちゃんに別れを言って、身を翻《ひるがえ》して歩き出した。

色々と警戒しているけど、どうやらそんなに警戒する必要がないことみたいだ。

普通に綺麗だから女の子は欲しいってだけだし、取ってくるのに人手がいるから探せる人間を動員できる伯爵の俺に頼んできただけっぽいし。

どのみち、俺が自分で探しに行かなくても大丈夫だな。

屋敷に帰ったら、ミミスとかに言って、一〇〇人くらいお使いに出して探してもらおう。

うん、それでいい。

いや、もうちょっと増やした方がいいか。せっかくだしここで放蕩貴族の——いやいやいや。

そういうので調子に乗って今まで失敗を重ねてきたんだ。

調子には乗らないでおこう。

ミミスに聞いてみて、ミミスが出す人数でそのまま許可を。

ミミスが人数の目安が分からなかったら一〇〇人出しとこう。

うん、それでいこう。

しかし、女の子って本当に花とか好きなんだな。

俺も嫌いじゃないけど、そこまでは——。

ドン！

考えごとしながら歩いていると、真っ正面から何かとぶつかった。

「きゃっ！」

という女の悲鳴と、パサッ、パサッ！　っていう何かが地面に落ちる音がした。

「いたたた、す、すみません——あれ？」

「あっ、ソフィアじゃないか」

俺にぶつかって、大量の本を地面にばらまいて、自分も尻餅《しりもち》をついてしまったのはソフィアだった。

俺は彼女に手を差し伸べて、助け起こした。

「悪い！　考えごとしてた」

「ううん、私も本をたくさん持っちゃって、前見えてなかったから」

「ああ……」

俺は周りを見た。

ソフィアが持っていたらしき、古そうな本が大量に散乱している。

これ……分量的に前が見えないくらい積み上げて持ってたんじゃないのか？

そりゃぶつかるのも無理はない——俺が言えた義理じゃないけど。

「本当にごめん」

「いや俺こそ。拾うよ」

俺はソフィアを手伝って、落とした本を拾ってあげた。

落とした勢いで何冊かパラパラと開いてて、拾った時に内容が目に入った。

複数の本の内容が同じものだと気づいた。

「花火の本か？」

「え？　ええ。多色の打ち上げ花火を、少し」

「ふーん」

俺は拾い上げた本の中身を読んだ。

花火というのは、魔力を凝縮させて、それを破裂させたときに、飛び散る魔力の残滓《ざんし》を見て楽しむものだ。

放出された魔力の残滓は様々な色の光を放ち、火花のように見える。

その上飛び散ったときは花が咲いたみたいに見えるもんだから、花火と呼ばれる。

ガラスバナといい、花火といい。

やっぱり女の子は綺麗《きれい》なものが好きなんだな。

「ふむふむ……なるほど」

「ヘルメス？」

「こういうことか」

俺は開いた本を見た。

原理しか書かれてなくてやり方はなかったけど、この程度のことならなんとかできる。

俺はやり方を頭の中で一度トレースしてから、手を伸ばして指先に魔力を凝縮させた。

直後に弾けさせて、指先に赤、青、緑の三色で三段階の花火を飛び散らせた。

昼間でも綺麗に見える花火は、周りの通行人の目にも入って「おお」と感心された。

一方で、ソフィアは――。

「……」

「あれ？」

なぜか、ぽかんとした顔で俺を見つめていた。

「どうしたソフィア」

「ヘルメス……今のはどうやって？」

「どうやってって……本に書かれた通りにやっただけだけど」

「その本に書かれてるの……今はもう使い方が失われてる多重遅延魔法なんだけど……」

「なにっ⁉」

俺はパッと本を見直した。

ページをめくると、確かにソフィアの言うとおり、「かつては使い手がいた」とかそういうことが書かれていた。

「な、なんで……」

「多重遅延魔法の勉強がしたかったからよ」

「……」

ソフィアの言葉に納得する俺。

確かに、彼女は魔法を真面目《まじめ》に、真剣に勉強してることは知ってる。

つまりこの本の数々は――綺麗なものを見るためじゃなくて、勉強するために運んでたのか⁉

「一人で多重遅延魔法をいとも簡単に……やっぱりすごい……」

「はぅっ!!!」

尊敬する眼差《まなざ》しで俺を見つめるソフィア。

花のことを悩んでいたので、ついついうっかりやらかしてしまったみたいだ……。

139 タイミングが悪い二人

とある日の昼下がり、俺はいつものように庭の安楽椅子《あんらくいす》でだらだらしていた。

その俺から少し離れたところで、ミデアが剣の修業をしていた。

一心不乱に剣を振る姿は健気《けなげ》で、見ててついついつい応援をしてあげたくなる感じだ。

「……」

あげたくなるけど、俺はぐっとこらえた。

下手《へた》に口出しをしてややっこしい状況になるのはあまりよくない。

このまま見ているだけにしよう――。

「――一〇〇〇！　ふう、よし、もう一〇〇〇回やろう」

「ちょっと待て」

「え？」

あっ。

……つい口出しちゃった。

見ているだけでいいのに、ついつい口を出してしまった。

ミデアはこっちを見た。

剣を下ろして、体ごとこっちを向いた。

「どうしたんですか師匠《ししょう》」

「いやその……」

「もしかして、何か教えてくれるんですか!?」

ミデアはきらきらした目で俺を見つめた。

この前向きさも彼女の可愛《かわい》いところの一つだ。

大半の人間はこういう時、「何かまずかったか？」って思いがちだが、ミデアはそうじゃない。

結構な割合で、今みたいなポジティブにとらえるのだ。

そういうところも弟子として可愛いんだよな。

「師匠？」

「んー……むむむ……」

俺は腕組みして首をひねった。

「ああもう！　言っちゃったものはしょうがない」

「ほげっ？　ど、どういうことですか？」

「こっちの話だ。それよりも、さっきからずっと回数重視でやってるみたいだけど」

「はい！　反復練習は基本ですから」

「それは間違ってないけど、回数にとらわれすぎるのもよくない。下手をするとその回数をこなすことだけが目的になりかねないからな」

「なるほど！　さすが師匠」

お前半分以上分かってないだろ……と思いかけてやめた。

分からないなりにこっちが誘導してやればいいだけだ。

「それよりも別の修業を今からやってもらう」

「はい！　教えてください師匠」

「ん……」

俺は立ち上がって、ミデアに向かっていった。

手が届くくらいの距離まで近づいて、手を出してミデアの頭にのせる。

「師匠？」

ミデアは小首を傾げた。

俺は、ミデアの頭に置いた手で、力を放った。

力はミデアの体に染み渡っていき、やがて指などの末端から噴きだした。

「こ、これは!?」

「その力を全身に纏《まと》うようにするんだ。全身っていうのは剣も含めてだぞ」

「え？　は、はい！」

ミデアは慌てて集中した。

彼女くらいのレベルだと剣気をある程度扱える。

俺が渡した力を、剣気を扱う要領で、さっきまで振っていた剣に纏わせた。

「できました！」

「よし、それでさっきと同じように振ってみろ」

「はい！」

ミデアは大きく頷《うなず》き、剣を振った。

すると、俺の渡した力が、剣を振った勢いで一部すっ飛んでいった。

「ああっ！」

「振ると留めておくの難しいだろ？　自分の力じゃないからな」

「はい……」

「それができるように頑張れ」

「今まで以上に集中して振れってことですね！」

ミデアは相変わらずの、きらきらした瞳で俺を見つめた。

まあ半分正解だ。

残りの半分は……できてから説明してやろう。

「見ててやるから頑張れ」

「はい！　師匠！」

ミデアが集中して剣を振り始めるのを見て、俺は再び安楽椅子に戻って、だらっと寝そべってミデアの修業を見守った。

☆

ソフィアは街の大図書館の中で、一冊の古い本とにらめっこしていた。

「あっ、いたいた。そーふぃーあー」

「ひゃう！」

いきなり耳元で息を吹きかけられて、ソフィアはびっくりして飛びのいた。

「ま、マリス！　もう、いつも耳元で息吹きかけるのやめて！」

ソフィアは顔を真っ赤にして抗議した。

現れたのはマリス・デスピナ。

ソフィアと同じデスピナ一族の女だ、同い年で親友同士の間柄だ。

親友ではあるが、二人の性格は正反対といっていいようなものだった。

ソフィアは真面目《まじめ》で堅苦しいタイプで、マリスは自由奔放《ほんぽう》でつかみどころがないタイプだ。

そんなマリスが、ソフィアが見ていた本を覗《のぞ》きこむ。

「何を見てたのぉ？」

「魔力の効果的な鍛錬方法よ。どんな魔法を使うにしても、魔力の絶対量が多いに越したことはないから」

「そうなんだぁ……あれ？　これって、すっぽんぽん？」

マリスが戯《たわむ》れにページをめくると、その先に男と女が一人ずつ、図解として素っ裸状態の絵が描かれていた。

「え、ええ……」

「なになに……素っ裸になって、魔力を具現化させて服にする——へえ、こんなのがあるんだ」

「……」

「これをやるのぉ？」

「や、やらないわよこんないやらしいの」

「いやらしい？」

マリスは再び本を一度見てから、ソフィアに視線を戻した。

「何がいやらしいのぉ？」

「だ、だって、裸になれだなんて」

「うん、それで魔力で服を作って着るんでしょ？　だったら服を着てるじゃないのぉ」

「そ、それはそうなんだけど……」

ソフィアはぷい、と顔を背けてしまった。

書物に描かれている理屈は理解できる。

通常の服を着ないで、魔力を物質化させて、それを服にして常時着ておく。

魔力の物質化というのは、作って、はい、おしまい。というわけではない。

作った後の維持にも魔力を消費し続けるのだ。

つまり、その服を着ている間は魔力を消費し続ける。

この世のほとんどの魔法は、瞬間的に魔力を放出するものだ。

微弱な魔力を使い続ける、というものはほとんどない。

たとえるのならほとんどが短距離走で、長距離走が一つもない状態だ。

しかし魔力というのは使えば使うほど伸びていくもので、一瞬で使い切るよりも長く使い続けた方が伸びるのだ。

それを伸ばすために、服にして魔力を少しずつ使う練習——というのは理屈的に正しいとソフィアは分かる。

分かるのだが——素っ裸になって、自分の魔力を纏うという行為は、素っ裸で、自分の長い髪だけで大事なところを隠すのと似たようなものだとソフィアは思ってしまう。

そうじゃなくても、魔力で作った服は本当の服じゃないから、それだけを着るというのは裸に服のペイントをするのと同じようなものだとも思ってしまう。

妙齢《みょうれい》であるソフィアにとって、それはひたすら恥ずかしいことだった。

恥ずかしい、が。

そういう恥ずかしさを、マリスという少女は理解できなかった。

「うーん、やらないのぉ？」

「そ、それは……」

「ソフィア、魔法でもっともっと強くなりたいんでしょぉ？　だったらやらなきゃ」

「そ、そうよね……うん、そうよね」

ソフィアは腹をくくった。

「うんうん、それでこそソフィアだよ。そうだ！」

マリスはぽん、と手を叩いた。

「今度は何？」

腹をくくったら、落ち着いてきたソフィア。

「それをやったら、ヘルメス様に見てもらおうよ」

「ヘルメスに？」

「そう。ヘルメス様、魔法詳しいんでしょ。それを見てもらおうよ」

「いいわよ別に。本に書いてあることだけで」

「褒めてもらえるかもよぉ？　上手《うま》くやってるわね、って」

「……」

「ね」

「か、考えとくわ」

即決はしなかったものの、顔に朱がさしたソフィアは、マリスに唆《そそのか》されてすっかりその気になっていた。

☆

「はっ、ふっ、やあっ！」

ミデアは俺の目の前で、剣を振っていた。

よく練習してきたようで、すっかり剣に力を留めておけるようになった。

「よしミデア、次のステージだ」

「はい！」

ミデアは剣を下ろした。

俺は立ち上がって、ミデアの少し離れたところにいくつもの魔力玉を作った。

魔力玉は半透明で、ブカブカと空中に上下しながら浮いている。

それを数十個作りだした。

「これでよし」

「師匠《ししょう》？　そのシャボン玉みたいなのはなんですか？」

「さっきと同じ要領でこれを切ってみろ。集中な」

「はい！」

ミデアは近づいてきて、剣を再び構えて、振った。

シャボン玉の一つを切るように剣を振り下ろした——が。

「——っ！」

シャボン玉に触れた瞬間、ミデアは剣を慌てて引いて、とっさに飛びのいた。

「い、今のは」

「うん、よく集中してた」

「どういうことですか師匠」

「玉は二種類ある、触れただけで力を喰う玉と、そうじゃない玉だ。力を喰う玉は切ってしまうと剣に纏った力を全部吸い上げる」

「おおぉ……」

「これで切っていいものとダメなものを判別するんだ。さっきよりも集中力がいるから大変だぞ」

「がんばります！」

大変だと聞いてもミデアは少しも尻込みしなかった。

逆にもっとやる気を出して、剣を構えて、振った。

切っていい玉は普通に切っていた。

切っていけない玉は、剣の刃の部分が触れた瞬間に引いていた。

さすがに集中しているだけあって、ミデアはいつも、触れた瞬間に刃を引いていた。

その度《たび》に、最小限だがちょっとだけ力が喰われていた。

この練習のゴールは、常に触れる直前で察して刃を止めたり引いたりできるようになることだ。

俺は玉の「喰う力」に強弱をつけて、さらに玉を出すことで、ゴールまで導くように仕組んだ。

そこに――。

「ヘルメス」

「ん？　おお、ソフィアか」

ソフィアがやってきた。

彼女はなにやら期待しているような表情で現れた。

「どうしたんだ？」

「ちょっと見てほしいものがあって……それよりもこれは？」

ソフィアは庭に満遍《まんべん》なく浮かんでいる、シャボン玉のような魔力玉が気になった。

それの一つに手を伸ばして触れた——瞬間。

パン！

玉が弾けた。

そして、ソフィアの服も跡形もなくはじけ飛んだ。

「——え、きゃあああああ!?」

一瞬で素っ裸になってしまったソフィア。

とっさに両手で大事なところを隠して、しゃがんで身を屈めた。

とっさに隠せはしたが、動きに勢いがつきすぎたので、彼女の豊かな胸がそれでたゆん、と揺れてしまった。

「み、見てほしいものって……」

「違う！　そうじゃなくて——うわああああん！」

ソフィアは顔を真っ赤にして、涙目になりながら走って逃げていった。

俺はポカーンとしてそれを見送ったが。

「魔力の残滓《ざんし》……あっ、魔力を服にしたのか」

ソフィアがいなくなった後、落ち着いた俺は現場の状況からそれを理解した。

そういう技法を知ってる。

ソフィアはその技法を見てほしかったみたいだが――。

「やってしまった……」

ミデアの修業中という最悪なタイミングで現れたソフィアは、見てもらう前に見られてしまったのだった。

140 魔王様の戦争経済

ドゴーン!!!

「甥《おい》っ子《こ》ちゃん、戦争しようなのだ！」

リビングの壁をぶち破って入ってくるなり、カオリは無邪気な顔でとんでもないことを言ってきた。

ソファーの上でゴロゴロしていた俺は呆《あき》れて、目を細めてカオリを見た。

「何を言ってるんだお前は」

「戦争しようなのだ」

「聞こえなかったわけじゃないからリピートしなくてもいい」

「戦争しようぜ、お前ボールなのだ」

「言い方の問題でもない！　っていうかボールってなんなんだよ」

「お父様から教わった言い方なのだ、親友を遊びに誘うときのお約束らしいのだ」

「そんなお約束知らないぞ……」

いつもながら、カオリの父親——俺の御先祖はろくでもないことばっか教えてるなあ。

いつもならカオリの言うことを適当にいなすのだが、内容が内容なだけに、ちゃんと対処しないとまずいかもしれないと思った。

カオリをまっすぐ見つめて、聞いてみた。

「戦争しようって言われてるのは分かった。なんでなんだ?」

「私、ちゃんとした王になりたいのだ」

「ちゃんとした王だろ?」

魔王だけど。

魔王カオリ。地上最強の生き物で、全人類が束になってかかってもおそらくはかなわない存在。

あまりにも強すぎたため、カオリの母親である前魔王が、「互角以上の力を持つ相手じゃないと攻撃しちゃいけない」って言いつけを残したほどだ。

それで人類は救われたが、俺と出会ったことで、カオリにとって「殴《なぐ》ってもいい」相手に認識されて以来、色々ちょっかいを出されている。

そんなカオリが、魔王になって数百年だというのに、なぜか今更になって「王になりたい」って言い出した。

「今は全然ちゃんとしてないのだ。私はちゃんとした良い王になりたいのだ」

「あー……まあ、統治とかしてなさそうだしな」

「そうなのだ。今は下僕《げぼく》に投げっぱなしじゃーまんなのだ」

なんだジャーマンってのは、また父親の教えか？

「それで上手《うま》く回ってるじゃないか、なんでそこから戦争が出てくるんだ？」

「下僕１１１号に聞いたのだ。国民を豊かにするには、トクジューっていうのを起こせばいいって言われたのだ」

「トクジュー？　……ああ、特需《とくじゅ》か」

「トクジューの中でも、戦争トクジューが一番ドカーンとくるって言われたのだ」

「話が極端すぎる!!」

俺は思いっきり突っ込んだ。

突っ込んだが……カオリのそれはあながち突飛《とつぴ》な発想というわけでもない。

歴史上、経済の突破口を求めて開戦に踏み切った統治者は腐るほどいる。

そういう意味じゃ、カオリの言うことはまんざらおかしいわけでもない。

おかしいのはおかしいが、前例がありすぎるっていう意味ではそこまでおかしくはない。

「話は分かった。それで俺に戦争しようって持ちかけてきたわけだな」

「そうなのだ、私が戦えるのは甥っ子ちゃんだけなのだ」

カオリは目をきらきらさせて、俺を見つめてきた。

「戦争しようなのだ甥っ子ちゃん」

「そんなの却下《きゃっか》だ」

「えー。どうしてもダメなのだ？」

「どうしてもだめだ」

確かに戦争でもすれば特需が生まれるかもしれないが、そのために戦争を始めるのは面倒臭《めんどうくさ》すぎる。

俺とカオリがプ、ロ、レ、スをやって、特需を生むためにとにかく人的以外の損害を積み上げることはできるけど、それは面倒臭すぎる。

そこまでやるのなら普通に戦争した方がいいってくらい面倒臭い。

だから断った。

にべもなく断られたカオリは、さほど落胆《らくたん》する様子もなく引き下がった。

そして、ソファーに飛び乗って、まるでネコのように俺の上に乗っかってきて、ゴロゴロし始めた。

彼女がぶち破った穴も、いつも通りに、すっかり慣れきったメイドたちがやってきて、掃除《そうじ》したり穴を塞《ふさ》いでたりしていた。

「そもそも、なんでいきなり良い王になりたいなんて思ったんだ？　魔王になってコモトリアを支配して何百年もたつんだろ？」

「甥っ子ちゃんのせいなのだ」

「なにその濡《ぬ》れ衣《ぎぬ》！」

「本当のことなのだ。甥っ子ちゃんはアイギナの王族になったのだ」

「……準王族な？」

俺は眉《まゆ》がビクッとなって、カオリの言うことを訂正《ていせい》した。

王族じゃなくて、準王族。

一文字違いだが、それがあるのとないのとじゃ大違いだ。

「甥っ子ちゃんの評判はすごいのだ。アイギナの王族の中でいちばんのケンメーだって言われてるのだ」

「だから準王族な……って賢明？　そんな風にいわれてるのか？」

「言われてるのだ。だから私も甥っ子ちゃんに負けないように、良い王になろうと思ったのだ」

「……そんな風に思われてるのか」

それはまずい、とてもまずい、とことんまずい。

賢明だなんて思われると、厄介事《やっかいごと》が思いっきり増えるからまずい。

人生、ほどほどに無能だと思われた方が気楽に生きられるってもんだ。

なんとかして評判を下げにいかないとな。

何をするべきか……。

「本当に残念なのだ。トクジューでケンメーな王になれると思ったのだ」

カオリは俺の上に乗っかったまま、つまらなさそうに足をバタバタさせた。

「……今でもいい王だぞ、お前は」

俺は少し考えて、思っていることをそのまま言うことにした。

「ほえ？　そうなのだ？」

俺の上で、顔だけ上げて見つめてきた。

「良い王っていうのは色々なタイプがあるが、そのうちの一つが『民の暮らしを邪魔しない』というものがある」

「邪魔しないのが良い王なのだ？」

「ああ」

俺ははっきりと頷《うなず》いた。

大半の民は、突き詰めて言えば「安穏《あんのん》に暮らしたい」というのを一番大事だと思っている。

力のある人間が動けば、良くも悪くも民は影響を受ける。

為政者《いせいしゃ》の思いつきで民が迷惑を被《こうむ》ることなんて、歴史書に全部書き込もうとすれば図書館が百棟あっても足りないくらいだ。

国が安定しているというのなら、何もしない、というのは立派に良い王になる。

特にカオリは魔王だ。

前魔王の言いつけで人間に直接手出しはできないにしても、その圧倒的な存在と持っている力で、ちょっとしたことでも周りを振り回してしまうだろう。

それをしていないカオリは、俺からすれば充分に良い王だ。

「そうなのか……うん、甥っ子ちゃんがそう言うのならきっとそうなのだ」

カオリはほとんど疑うことなく、俺の言うことを受け入れた。

これで彼女が戦争をおっぱじめることはもうないだろう。

矛先《ほこさき》が俺に限定されるとはいえ、魔王が戦争をおっぱじめれば大ごとだ。

前にもそれに近いことはあったが、もしまた始めたとしたら確かな目標がある分余計にやっかいだ。

それが止められたのは大きいと思った。

「甥っ子ちゃん甥っ子ちゃん」

「ん？　なんだ？」

「他に良い王ができることは何があるのだ？」

「他に、か」

俺は少し考えた。

「食、かな」

「ショク？　軍師なのだ？」

　また分からんこと言ってる。

「そうじゃなくて食べ物って意味だ。歴史を見ると、飢饉《ききん》からの反乱が実に多いからな。民を飢えさせないってだけで良い王かもしれない」

「なるほどなのだ」

　カオリはニコニコ顔で納得した。

「そうはいっても、そこが難しいんだけどな」

「どういうことなのだ？」

「領内の民が生きていく分の食料って、頑張れば確保して分配することはできるんだ。だけどそれをやってしまうと、今度はみんな満足しちゃって働かなくなるからな」

　少なくとも俺はそうだ。

　何もしないでも生活に困らないのなら、何があっても働きたくないって思っちゃう。

　俺はいいんだけど、それが「民」レベルまで広まると統治者は困る。

「なるほど、それなら丁度《ちょうど》いいものがあるのだ」

「へ？」

「早速やってくるのだ。甥っ子ちゃんアドバイスありがとうなのだ」

　カオリは俺の上から飛び上がって、外に飛び出そうとした。

俺は慌てて彼女を引き止めた。

「ちょっと待ってカオリ。何をするつもりなんだ?」

「お父様が残していったレガシーがあるのだ。味がしないし食べた気がしないけど、一粒だけで三日間はなにも食べなくても大丈夫な豆があるのだ」

「そんなものがあるのか……」

「昔食べた人間は、腹《ふく》は膨れるけど食べた気がしないからいやだって言うのだ。それをいっぱい育てて人間に配るのだ」

「……なるほど」

それならありかも知れない。

腹は膨れるけど、食べた気はしない珍妙な食べ物。

味気ない食事ばかりはつらいからな。

それを配られても、最後の命綱《いのちづな》になるだけで、民はちゃんとした味のある食事のために働くだろうな。

「それじゃ行ってくるのだ」

「待てカオリ。その話、俺からヒントをもらったって誰にも言うなよ」

「どうしてなのだ?」

「どうしても。言わないでくれ、頼む」

俺はかなり真剣な顔でカオリを見つめて、頼み込んだ。

「聞いてくれたら、今度一日中遊んでやるから」

「本当なのだ!? 分かった、甥《おい》っ子《こ》ちゃんから聞いたって誰にも言わないのだ」

カオリはそう言って、再び壁を突き破って屋敷から飛び出した。

メイドたちが掃除するのを眺めながら、一日っていうのはちょっと大変だけど、カオリにアドバイスしたのがバレて評価が上がるよりはマシだろうなと思った。

☆

しばらく後の、昼前の時間。

執務が終わって、ミミスと家臣団が下がるのと入れ替えに、姉さんがやってきた。

「どうした姉さん」

「うふふ、さすがですねヘルメス」

「へ?」

「カオリちゃんに国政のアドバイスをしてあげたのでしょう。コモトリアで評判になっていますよ」

「……へ?」

　俺はきょとんとなった。

「ちょ、ちょちょちょちょ――何その話」

「ですから、コモトリアでカオリちゃんの国政が評判になっているって」

「なんでそんなことに？」

　もしかして――カオリが喋《しゃべ》ったのか？

　口止めを無視して喋ったというのか？

　と、俺が驚愕《きょうがく》していると。

「カオリちゃんが急に国政にやる気を出したのですけど、普段はそういうのをしない魔王じゃないですか」

「ああ」

「それがちゃんとしたビジョンをもって国政をしている。レガシービーンズのおかげで貧民窟《ひんみんくつ》の生活もものすごく改善されたと聞きます」

「そ、そうなのか」

「カオリちゃんは強いけどそういう内政に弱いから、絶対誰かブレーンがついてるって周りが思って聞いたのだけど」

「だ、だけど？」

「カオリちゃん、頑として『それは言えないのだ、教えてくれた人との約束で名前は言えないのだ』って言ってるみたいですよ」

「ごまかしが下手《へた》か!!」

俺は思いっきり突っ込んだ。

「カオリちゃんに口止めができる人だったらヘルメスしかいない、ってみんなが思ってますよ」

「あぅ……」

俺はがっくりきた。

口止めがまったく意味を成さなかったことに、俺はがっくりきたのだった。

141 カノー家はまだ本気を出していない

庭でゴロゴロしていた俺は、ふと、空を見上げた。

安楽椅子《あんらくいす》で仰向《あおむ》けに寝ていたのが、起き上がって上をみた。

一見、晴れ渡った青空だが――。

「ヘルメス？　どうかしたのですか？」

通りかかった姉さんが聞いてきた。

俺が安楽椅子でゴロゴロしてないのが不思議に見えたんだろう。

「……嵐が来る」

「嵐？」

「ああ、しかも……でかいぞ、これ」

俺は、まだまだ青く晴れ渡っている空をじっと見上げたのだった。

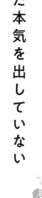

☆

俺の予想通り、次の日に嵐がやってきた。

ここ数年で最大規模であろう嵐は、屋敷の中にいてもその威力を充分に感じることができて、窓が――いや屋敷全体が風に吹かれて揺れていた。

俺と姉さんはリビングにいて、窓の外の暴風雨をながめていた。

「大変なことになりそうですね」

「ああ」

俺は小さく頷《うなず》いた。

これほどの嵐だ、間違いなく災害になる。

嵐が去った後は色々と忙しくなりそうだ。

「ヘルメス」

「なんだ?」

「嵐を吹き飛ばすことってできませんか?」

「いや無理だって!」

俺は突っ込み気味で返事をした。

「そうですか。ヘルメスならばと思ったのですが、いくらなんでも無理ですよね」

「……ああ」

俺は微苦笑した。

実のところ、やったことがないからはっきりとしたことは言えないが、姉さんが言う「嵐を吹き飛ばす」のはできるかも知れない。

嵐っていうのは、限界まで雑に言うと、嵐の中にある雨が全部降り切ってしまうと落ち着くものだ。

その嵐の中にたまっている、降る前の雨水をまとめてどっかに飛ばすことは、たぶんできる。

できるが……さすがにそれはしなかった。

最近になって、あることが分かってきた。

俺は何かをやろうとすると、変に予想外の結果が出てしまう。

ほとんどの場合がそうだ。

普段のことならいいけど、この激しい嵐の場合、予想外の結果が別のところで大きな被害を出してしまう――という可能性もある。

それがあるから、嵐に手を出すことは自重した。

「それにしても……本当に激しいですね」

「ああ」

俺と姉さんは、吹きすさぶ暴風雨を眺めて、互いの顔から深刻そうな表情を見つけるのだった。

☆

翌日、嵐が去った後。

まさに台風一過とばかりに空が晴れわたっていた。

そんな空模様をちらりと眺めながら、俺は執務室でミミスら家臣団と向き合って、領内各地からまとまって上がってきた報告を聞いていた。

「次、ゴンゴスの街。家屋倒壊三七件、半壊一六八件、死傷者が――」

「いい、いい。細かい数は今はいい。後で読むから全部まとめたやつだけ用意してくれ」

「分かりました」

「それよりも救助だ。備蓄してる食料はあるよな」

「はい、十二分にございます。各地の蔵に実数を提出させましたが、概《おおむ》ね帳簿《ちょうぼ》の八割くらいは実在しています」

汚職とかで二割消えてるってことか。

「それも今は追及しない。とにかくまずは炊《た》き出しだ」

「はい」

「それと仮設住宅をとにかく建てさせろ。余ってもいい、とにかくまずは数をそろえろ」

「承知いたしました」

「それと真水だ。災害の後は疫病《えきびょう》が蔓延《まんえん》する。真水を潤沢に確保して衛生管理をちゃんとさせろ」

「承知いたしました」

俺は次々とミミスに命令を出した。

細かい数字は一つも言わなかったし聞かなかった。

このタイミングで、領内の最高責任者の俺が細かい数字とにらめっこしてもしょうがないのだ。

とにかくやるべきことの方向性を示すのが最優先だ。

「ご当主様」

「なんだ」

「近隣のグレイス領と、チチアキス領から救援の要請が入ってきておりますが」

「手は回るのか？」

「物資だけでしたら。人手は今のところ分かりません」

「だったら物資だけでも要請された分渡せ。災害救助に領地もクソもない」

「承知いたしました」

ミミスは腰を折って承諾《しょうだく》した。

一通り命令をし終えると、俺は当主の椅子から立ち上がった。

「ご当主様？」

「いろいろ見て回ってくる。二時間後に戻ってくるから、どうしても俺の判断が必要なものはその時までまとめておけ」

「はい」

俺は窓から飛び出して、飛行魔法で空を飛んだ。

一通り指示は出した。

あとは自分の目で見て回って、必要なことをその場で対処しようと思った。

☆

ヘルメスが飛び出した後、執務室にソーラが入ってきた。

ソーラはミミスに聞いた。

「ミミス、ヘルメスは？」

「ご当主は視察に出られました」

「そうですか……ちゃんと働いていますか？」

「はい。ご当主様は災害の時はいつも真面目《まじめ》に働きますから」

「そうですね、そういう子です」

ソーラは頷き、ミミスに近づく。

ミミスが持っている書類を覗《のぞ》き込んだ
「近隣も支援するの？」

「ご当主様のご命令ですので」

「大丈夫なのですか？　財政の方は」

ソーラは当たり前の懸念《けねん》を口にした。

災害救助というのはとにかく金がかかるものだ。

特に物資などは、災害の度《たび》に色々と値をつり上げる商人がいるため、同じことをするにしても普段より金がかかってしまう。

それを理解しているソーラはミミスに聞いたが。

「まったく問題はございません」

ミミスは実にあっさりと、顔色一つ変えずに言い切った。

「そうなのですか？」

「はい。ご当主様の改良した銀山、そしてミスリルの新工法、さらにはペトラダイトの収益。

この三つがカノー家の財政を支えているうちは、この程度のことでびくともしません」

ミミスは平然と言い切った。

ヘルメスがことあるごとに「やらかした」ことの積み重ねが、今のカノー家の財政の健全さを作り出した。

カノー家の収入、そして備蓄。

どっちも、過去最高の、さらに二倍近くはあった。

災害救助をしても、まだまだ余裕があるのだ。

「はい。カノー家はまだまだ、本気を出していません」

ヘルメスのいないところで、彼が今まで積み上げてきたものだが、十年に一度の大嵐の災害救助をスムーズなものにしたのだった。

142 世界で一番危険な男

この日はそこそこ天気がよくて、すこし体を動かしたほうが気分のいい日だったから、俺は街を出て当てもなくぶらついた。

今日もピンドスの町は大いに賑《にぎ》わっていた。

ラフな格好で出てきた俺を、様々な人が親しく声をかけてきた。

それでいくつかの店で新商品を買って、姉さんへのお土産《みやげ》を物色していると。

「ん？　あれは……ソフィアか？」

俺は目を凝《こ》らした。

間違いない、視界の先でとらえたのはソフィアの姿だった。

普段から真面目《まじめ》一辺倒《いっぺんとう》で強気なタイプのソフィアではあるが、それとは比べものにならないくらい真剣な表情で一軒の店に入っていった。

「なんだ、あの顔は」

その表情が気になった。

普段も真剣だが、今見たソフィアの顔はどっちかと言えば鬼気迫るものがあった。ものすごく真剣で、決意——いや覚悟といっていいくらいの表情だ。

「……」

さすがに見過ごせなかった。

俺は彼女を追いかけて、同じ店に入った。

店に入ると、カウンター越しに店主と向き合っているソフィアの姿が見えた。

ソフィアは振り向かなかったが、店主は顔を上げて俺を見た。

「いらっしゃいませ。すみませんお客さま、いま前のお客さまの——」

「大丈夫だ——ソフィア」

「え？　あっ、ヘルメス」

俺が声をかけて、ようやくソフィアはこっちを向いた。

びっくりした顔で、カウンターの上に置かれている何かを背中に隠すような仕草をした。

顔も——まるで親に悪戯《いたずら》を見つかってしまった子供のような、そんな顔をしている。

「ど、どうしてここに？」

「お前を偶然見かけてな」

深刻そうな表情をしてたから——とはあえて言わないでおいた。

理由は知らないが、場合によっては深刻そうだと指摘したら、身構えられて本当のことを話さなくなる場合がある。

それを避けるために、気づかないふりをした。

「ここは……なるほど、マジックアイテムを売ってる店か」

まずはぐるっと外から。

店内を物色するように見回しながら、言った。

わりと普通の店だった。

ガラスのショーケースがいくつもあって、その中に様々なマジックアイテムが陳列《ちんれつ》されている。

とはいえ、陳列されてるものはほとんどがどこかで見たことのある、ありきたりなマジックアイテムばかりだった。

どれもこれも、話のネタにはならないような代物《しろもの》だった。

「ここになんか買いに来たのか？」

「え、ええ。そうね」

「なんだ？　もしかしてソフィアも若返りの薬を探しに来たのか？」

俺は姉さんのことを引き合いに出しつつ、からかうように言った。

「そ、そんなのじゃないわよ」

「そうなのか？　――はっ、もしかして俺に飲ませる惚《ほ》れ薬を!?」

「そんなのじゃないってば！ ……もう！」

ピエロに徹底した俺に、ソフィアは呆れた様子で唇を尖らせた。

そして体をどけて、カウンターの上に置かれている——彼女が背中に隠したものを見せてきた。

「これよ」

「これは……」

ソフィアに近づき、横に並んでカウンターに置かれていたものを見る。

厳重に施錠《せじょう》された、小さな箱だった。

ものすごく意味深な感じの箱で、俺は首を傾《かし》げてソフィアを見た。

「何が入ってるんだ?」

「マスター」

「ああ」

店主は頷《うなず》き、小さな鍵《かぎ》を取り出して、丁寧《ていねい》に——丁寧すぎるくらい丁寧に解錠した。

そして、箱を開ける。

箱の中には、かなりの装飾を施《ほどこ》した、一冊の意味深な本だった。

「これが……本物なのね?」

俺に説明するのも忘れて、ソフィアは店主に聞いた。

「原典とされているが、俺には確かめる勇気はないから確かなことは言えない」

「なるほど……それもそうね」

店主の説明に納得するソフィア。

彼女は本を手に取りもせず、箱に収めたまま表紙をじっと見つめている。

一体どういうことだ？

俺も本を見た。

……これは。

「ちょっと見せてみろ」

意識をはっきりと本に向けた瞬間、何かを感じてしまった。

何かがなんなのかはよく分からない。

しかし、ただの本じゃない。

何かがある――というのだけは感じ取った。

俺はその本に興味を持った。

横から手を伸ばして、本を取って開く。

「あっ……」

声を漏《も》らすソフィアをよそに、パラパラとめくっていく。

内容は――と理解する前に。

ガツン！

頭を殴《なぐ》られたような感覚があった。

ハンマーのようなもので、横合いから殴りつけられたかのような衝撃だ。

ハンマー程度だから大した衝撃じゃない。

が、そういうのがあるってことはやっぱりただの本じゃないってことだ。

俺はますますの確信をもって、本を読み進めていく。

今度は内容を精読して、気づく。

それは、古代の言語で書かれている魔導書だった。

「なるほど」

「え？」

「面白いことが書かれてるな」

内容を理解した瞬間、好奇心が色々と勝った。

書かれている内容が本当なのかどうかは分からないが、ちょっと面白いから試してみたくなった。

俺は魔導書に書かれている通りに、魔法の行使を試みた。

かざした手の先に、真っ暗な何かが現れた。

ただでさえ暗い店の中なのに、窓の隙間《すきま》とか、ランタンの揺れる灯りとか。

そんなわずかな光さえも、その真っ暗な何かに吸い込まれていった。

空間に存在するあらゆる光を吸い込んだ後、人型の存在が現れた。

全身が黒ベースで、頭は山羊《やぎ》のような角《つの》が生えている。

上半身は裸で筋肉ムキムキだが、下半身はまるでなくて、粘土を引きちぎった先っぽみたいな感じだった。

そいつはぎょろり、と蛇のような目で俺たちをぐるりと見回してから、視線を俺に落ち着かせた。

「お前か、我を呼び出したのは」

「そういうことになるのかな」

「ふっ……数百年ぶりに呼び出したのがこのような若造だとはな」

魔導書通りに呼び出したやつは、いかにも尊大な態度で、はなっから俺たちを見下しているようだった。

「まあよい、盟約は盟約だ。我を呼び出した小さきものよ」

「ん？」

「願いごとを言え、どんな願いでも三つまで叶えてやろう」

「あー……そういうのか」

俺は苦笑いした。

魔導書には「呼び出したらいいことあるよ」（意訳）って書いてあったんだが、いざ呼び出してみると最悪の展開だった。

こんなの故事とか寓話《ぐうわ》とかに腐るほど書かれている。

呼び出した存在がどんな願いでも叶えてやるという。

そんなの、絶対に乗っかったらいけない話のパターンだ。

当然、それに乗っかる俺じゃない。

「そういうのいいから」

俺は即答で、きっぱりと断った。

ちょっと前までだったら、飛びついていたのかもしれない。

この先サボって生きていけるようにしてくれ、って願ったのかもしれない。

もちろん失敗目当てだ。

失敗するのが分かり切ってるところに突っ込んで、それで俺の評判を下げる――という狙いで。

が、今はもうそれはしない。

しないことにした。

そういうのをする度《たび》に、「失敗して」逆効果になり続けてきた。

わざと失敗するのは避けるべきだ、というのがここ最近の経験からの気づきだ。

だから、きっぱりと断った。

「貴様……我を愚弄《ぐろう》するのか」

「なんの願いもなく、我をいたずらに呼び出したというのか？」

「はい？」

「えっと……」

それはそうなんだけど……とは、言っちゃいけない空気だった。

そいつの蛇のような目は、爛々《らんらん》と真っ赤に燃え盛っていた。

これ以上刺激したら……な状態だ。

だから俺は、刺激しないように、曖昧《あいまい》に頷いたに留めたのだが。

「許さん。その罪、万死に値する」

もう手遅れみたいだった。

そいつはブチ切れて、かなりの殺気をぶつけてきた。

そして、俺に向かって手を突き出した。

何かを飛ばしてきた。

その「何か」はよく見えなかった。

そいつを召喚したときに出てきたものと同じように、あらゆる光を吸い込むから、なんなのかは分からなかった。

が、まあ。

万死に値するって言ってるんだから、攻撃的な何かなんだろう。

俺は剣を抜き放った。

初代の剣を抜いて、それを斬《き》り払った。

かなりの力だった。

斬り払った俺の右手、親指と人差し指の付け根がビリビリした。

「呼び出したこっちが悪いが——危険なやつだな、お前は」

「人間が調子づくな！」

そいつは怒って、さらに何かを飛ばしてきた。

今度はさらに黒く——空間自体が「なくなった」ように見える真っ黒な何かだった。

それも斬り払いつつ、その足で踏み込んだ。

「なっ」

「悪いな、還ってくれ」

懐《ふところ》に潜り込んで、横薙《よこな》ぎ一閃《いっせん》。

そいつのガードごと一刀両断した。

体が上下に泣き別れしたそいつは。

「その顔、覚えたぞっ」

と、捨て台詞《ぜりふ》を言い残して、霧散《むさん》していった。

なんかやっちゃったかもしれないけど、まあしょうがない。

今は特に何事もなかったことを喜ぼう。

俺は剣を納めて、振り向いた。

「悪いな、ソフィア。横から茶々を——ソフィア？」

「……」

「……」

振り向いた先で、ソフィアと店主はポカーンとしていた。

「ソフィア？　どうしたんだ？」

「い、今の……」

「ん？」

「召喚したの？　召喚して、それで斬ったの？」

「ああ」

俺は小さく頷いた。

目の前でやらかしたんだから、否定できるものじゃないだろう。

だから素直に認めたのだが。

「信じられない、あのネクロノミコンを？」

「ネクロ……なんだって？」

「知らないのか？　世界で一番有名で、一番危険な魔導書だ」

店主がそう言った。

……なんですって？

「そう。ネクロノミコン、読む人間は例外なく狂気に陥《おちい》るっていわれてるとんでもない魔導書なのよ」

「世界で一番危険な魔導書？」

「……」

「それを読んで、何か召喚して、斬った？」

「……」

むむむ？

もしかして俺、またなんかやっちゃった？

「信じられない……」

驚くソフィアだが、その瞳にはかなりの分の、感動が含まれていたのだった。

143 成長してもうっかりは止められない

「――っ!!」
草木も眠る丑三《うしみ》つ時《どき》。
ベッドの上で熟睡していた俺は、パッと起き上がった。
熟睡していてもなお感じる、圧倒的なやばい気配。
ベッドから飛び降りて、周りを見回す。
もちろん部屋の中を見て回るわけじゃない。
四方八方を見て回ることで、意識を全方位に拡散させているのだ。
そうして気配を探った。
「そこか!」
ふと、窓の外にエネルギーの高まりを感じた。
壁に掛けかけていた初代の剣をひったくるように取って、窓から飛び出した。
空間が歪んでいた。

裂け目ができていて、バチバチと雷のような高エネルギーを帯びている。

見たことのないエネルギーだった。

高濃度、高純度の純粋なエネルギー。

気の弱い人間があてられただけで気を失いかねないほどのエネルギー。

空間の裂け目が徐々に大きくなっていく。

直感的に、何かが出てくるのを察した。

「なんなのか分からないが」

これほどの大がかりなことをして出てくるようなのを、見過ごすわけにはいかない。

俺は目を閉じ、呪文を詠唱《えいしょう》して魔力を空間の裂け目にぶつけた。

強力なエネルギーに、同等のエネルギーをぶつけることによって、空間の裂け目を「塗りつぶして」いく。

「……ふぅ」

早期の発見が功を奏したからか。空間の裂け目が開ききる前に閉じることができたのだった。

☆

次の日の執務室。

俺は上の空でミミスの報告を聞いていた。

普段から上の空だけど、今日は一段と上の空だった。

その原因は、昨夜の出来事。

あれをずっと考えていた。

とっさに対応ができて事なきを得たし、今のところ誰にもバレてないが、あれはただ事じゃない。

何事もなかったラッキー……で安心できるような出来事じゃない。

本腰を入れて調べた方がいいな。

「――ま」

「……」

「ご当主様」

「え？　ああ、なんだ？」

「やはり聞いておられませんでしたか。……ごほん。これで三件目です、被害の出た村は」

「被害の出た村？」

「例の集団神隠しでございます」

「……ああ」

俺は小さく頷《うなず》いた。

先月くらいからぼつぼつと報告に上がってきてたやつか。

領内の小さな村で、集団の神隠しが起きている出来事。

家屋とか畑とかはまったく無事なのに、そこに住む人々だけが忽然《こつぜん》と消えたのだ。

「三件目なのか」

「さようございます。いかがなさいますか？」

「……緊急度を上げて調べさせろ。なにか分かったらすぐに報告しろ」

「承知致しました」

ミミスはそう言って、今日はここまで、と一言言ってから頭を下げて、他の家臣を連れて退出した。

村単位の神隠しか。

そっちはそっちで気になるけど、先月からのことだから昨日のとは別件かな。

まあ同じなわけがない。

昨日のあれが、屋敷内じゃなくて領内のどこで起きてても俺はきっと気づく。

それくらいヤバいエネルギーだった。

だからタイミング的に考えても別件だと判断した。

「昨夜の現場に行って手がかりを探すか――」

そう思って、当主の椅子《いす》から立ち上がった直後。

「――っ！」

また来た。

昨夜のあのエネルギーと同じものが来た。

今度は目の前だ。

目の前で空間の裂け目ができて、高エネルギーが放出された。

まだなにも分からないけどとりあえず防ぐ。

そう思って、裂け目に近づいて、昨夜と同じように力で穴を塞《ふさ》ぐ。

すると――。

「なにっ！」

今度は背後にも空間の裂け目が現れた。

前に気を取られて、力をもっていかれてる隙《すき》に背後から同じものが現れた。

それの対処に間に合わないでいると――人が出てきた。

空間の裂け目が一気に開ききって、一人の青年が出てきた。

「ふぅ……やっと来られた」

「お、お前は……」

「まったく、手こずらせるんじゃない！」

青年は俺につかつかと近づき、ポカッ、と頭を殴《なぐ》ってきた。

避けられなかった。

まるで殴られる前から当たるのが運命付けられているげんこつに感じられるほど、避けられなくて頭にくらった。

こいつできる——と思ったのと。

「単刀直入《たんとうちょくにゅう》に言う。俺は十年後から来たお前だ」

こいつ、俺に似ているぞって思ったえええええええ!?

「な、何いってるんだお前は」

「だから十年後のお前。時間移動で来たんだ」

「時間移動だって？　そんなことできるわけが」

「信じないって言うのならお前がオルティアと未だに『何もしてない』本当の理由を街中で言いふらしてくるけどいいか」

「わー、わーわーわー!!!」

俺は大声を出してわめいた。

オルティアとのこと。

それは俺とオルティアしか知らないこと。

オルティアはああいう性格だけど、他の誰かに言うはずがない。

それは間違いない、ぜったいだ。

「本当に俺なのか……？」

「ああ」

「……」

俺は目の前の青年をまじまじと見た。

確かに、俺とよく似ていた。

俺は十年後こういう姿になるんだ、って妙に納得した。

それだけじゃなく、あふれている力も、俺の力と同じものだった。

「……どうやら本当のことみたいだな」

「自分のことなんだからすぐに分かれ」

「そんなこと言われても時間移動してくるなんて信じられるわけないだろ？」

「嘘つけ、ソフィアと再会したちょい後だろ？　だったらもうある程度時間移動の原理が分かってる頃だ」

「むむむ」

それもその通りだ。

ソフィアとは直接関係ないが、「この頃」の俺は時空間の移動にある程度の目星をつけている。

面倒臭《めんどうくさ》いからやってなくて、完成させてないだけ。

「それは分かった。それよりなんのために――」

「ヘルメス、どこにいるのですか？　――あら」

ドアが開いて、姉さんが現れた。

姉さんは部屋に入って、俺と未来の俺を見て、驚く。

「お客さんが来ていたのですか？」

「え？　あ、ああ。えっとこいつは――」

未来の自分をちらっと見る。

どう紹介していいのか迷った。

俺がそれを迷っていると、姉さんは未来の俺をまじまじと見て。

「……格好いい」

と、言葉があふれ出すような感じでつぶやいた。

「姉さん？」

「はっ。な、なんでもないです。すみません、私ちょっと急用を思い出しました」

姉さんはそう言って、赤くなった顔を押さえて慌てて逃げ出した。

「どうしたんだ一体」

「……ほっとこう、今はそれどころじゃない」

未来の俺はそう言った。

姉さんの反応の理由は分からないけど、未来の俺の「それどころじゃない」っていうのは見過ごせない発言だった。

「で、お前は何のためにわざわざ来たんだ？」

「十年後、ロキータという魔物が現れる」

「ロキータ……」

「そいつはあっという間に世界を席巻して、わずか三日で人類の一割を殺した」

「なっ――」

驚愕《きょうがく》する俺、だがもっと驚愕するものがその先にあった。

「そいつを俺が倒した」

「倒した？」

「しょうがないだろ。三日で人類の一割を殺したんだから、放っておくわけにはいかないし、方法を探ってる余裕もない」

「そりゃ……まあ……」

確かにそうだ。

三日でそれだけの被害を出してしまうような魔物だったら、速攻で倒してしまわなきゃならない
「そいつを倒したせいで、俺は――途中経過は全部すっ飛ばすけど、『英雄王』ってのにさせ

られて、一番高い位置に祭り上げられてしまった」

「おっふぅ……」

英雄王とか……そんなの世界一面倒臭いポジションじゃん。

「さすがに大事過ぎて、ごまかしも辞退もなにもできなかった」

「そりゃ……そうなのか……」

そうかもしれないなあ……。

文字通りの救世の英雄だろうからなあ、その話だと。

「さすがにそこまでいくともう面倒臭すぎて、全力で辞退したいんだけど、ロキータを倒した功績が大きすぎてどうしようもない」

「どうしようもなかったのか……」

「そこで俺は考えた」

「うん？」

「過去に戻って、ヤバくなる前のタイミングでロキータを倒してしまえばいい、ってな」

「……あぁっ」

俺はポン、と手を叩いた。

なるほどそういうことか。

「過去のロキータを倒してしまえば、未来のロキータは消えるってことか」

「そうかもしれない、そうじゃないかも知れない」

「まあ……そうだな」

時間移動に関しては、俺も（たぶん未来の俺も）色々と古文書を読んで知っているが、かなり複雑なものだ。

考え方は大きく分けて二つ。

過去と未来は一本線なのと、過去と未来は木の枝のように分岐《ぶんき》しているものだ。

一本線の説だと、過去に戻ってその過去を変えれば未来も変わる。

一本線で繋《つな》がっているから。

木の枝のようだと、変えても未来は変わらない。

途中で木の枝のように分岐して、未来はいくつもあって、変えた場合と変えなかった場合の、枝の分岐になるって説だ。

どっちなのか分からない。

「が、もうその方法しかないんだ」

未来の俺はげんなりした様子で言い放った。

よっぽど……英雄王として面倒臭い日々を過ごしてきたんだろうな。

ぞっとした。

俺はぞっとした。

俺はめちゃくちゃぞっとしてしまった。

英雄王なんて、冗談じゃない。

未来の俺には悪いが、未来が変わっても変わらなくても、今の俺だけはなんとしても変えてみせる。

「ってことは、このタイミングまで時間移動してきたってことは、ロキータがこのタイミングだと弱いままだってことか？」

「ああ、ロキータの初期も初期、一番弱いタイミングだ」

「そうか。で、どこにいるんだ」

「集団神隠し」

「――っ！」

俺は息を呑《の》んで、ハッとした。

あれだったのか！

☆

俺は未来の俺に案内されて、一緒に空を飛んで、キルキスという街にやってきた。

カノーの領内にある、住人が二〇〇〇人ほどの街。

上空でとまった俺たち、街を見下ろす。

「ここか」

「ああ。記録じゃここが四カ所目、そして最後の集団神隠しが起きる場所だ。そして唯一倒せる場所だ」

「最後の？　どういうことだ？」

「ロキータは人間を喰う。人間を喰って力をつけて成長する」

「神隠しはそいつに喰われたってわけか」

「今までの三カ所で人間を喰って、ある程度力をつけて気が大きくなったところで、一気に二〇〇〇人の街を襲った。だが、抵抗に遭《あ》って結構な大やけどをした」

「なるほど」

「それ以降そいつは懲《こ》りて、十年間慎重に慎重を重ねた。これ以降は集団神隠しは起こらなくて、やつは一日に一人か二人のペースで喰って、喰ったら移動するようにした」

「その程度ならごまかせるからか」

「そういうことだ」

「きゃあああ!!」

突如、地上から絹を裂くような悲鳴が聞こえた。

みると、人間サイズの蜘蛛《くも》のような魔物が人間を襲っていた。

既に何人か倒れている。
あいつ、まとめて喰う気か。
街の男たちが集まってきて抵抗しているが、バタバタと倒されていく。
空中にいても分かる。
魔物としてはそこそこ強いが、今の時点じゃスライムロード程度だ。
十年後の俺がこのタイミングまで戻ってきたのは正しい。
俺は急降下した。
ロキータに向かっていく。
「ちょっま――」
背後で未来の俺が何か言ってるようだが、後回しだ。
未来で英雄王にならないようにするために、俺はロキータにまっすぐ突っ込んだ。
そして、初代の剣を抜き放ち、ロキータの前に着陸。
そして――一刀両断。
蜘蛛の姿をしたロキータを一刀のもとに斬《き》り捨てた。
「念の為に――燃え尽きろ！」
剣を下ろし、炎の魔法で死骸《しがい》を焼き尽くす。
街の住人の目の前で、瞬く間にロキータを焼き尽くした。

そして――歓声。

ロキータを倒した俺に歓声が起きた。

「あんな強かったモンスターを一瞬で……」

「ありがとうございます!!」

「たすかりました！」

次々と俺に感謝をして、称《たた》える街の住人たち。

ちょっと名声が高まってしまうけど、まあしょうがない。

この程度なら、「英雄王」に比べれば――。

「あーあー、やっちゃったな」

俺の横に未来の俺が空中から着陸してきた。

もう一人の出現に。街の住民たちに迷いが生まれて、歓声が小さくなった。

いやそんなことよりも。

「やっちゃったなって、どういうことだ？」

「なんのために俺が来たんだよ」

「え？」

「俺が倒して、俺が名声《厄介事》を引き受ければよかったのに」

「………あっ」

そうだった。
そうなんだよ。
未来の俺にやらせれば、「俺」じゃなくなるんだよ。
「えっと……」
俺は恐る恐る周りをみた。
未来の俺が登場して一瞬下火になったけど。
まるで反動をつけるように、歓声がさっき以上に沸き起こったのだった。
やっちまったよ……。

144 こなきゃよかった…

「師匠《ししょう》！　大変です師匠！」

パン！　と、ドアを乱暴に開け放って、ミデアが書斎に飛び込んできた。

その勢いで突風が巻き起こって、書きかけた書類が巻き上がって天井に張り付いた。

「書類……」

「大変です！　一大事です！　私も行ってみたけど全然入れませんでした」

「いや書類……」

天井に張り付いた書類がヒラヒラと落ちてくる。

ランダムな動きで落ちてきたペラ紙は、途中でくるりと一回転して、真横に滑っていった。

「調査してる人が言うには中にすっごいお宝があるみたいなんですけど、入れないのにどうやって分かるんでしょうか。あっ、お宝の殺気とかそういうのが――」

「ちょいっ！」

ペシッ！

俺は興奮してるミデアにチョップをたたき込んだ。

額に手刀を食らって、ミデアは軽くのけぞった。

「あいたたた……な、何をするんですか師匠」

「分かった分かった、まずは落ち着いて、な」

「でも――」

「まず深呼吸な。はい吸って」

「は、はい。すぅ……」

「吐いて」

「はぁ……」

「吸って」

「すぅ……」

「吐いて」

「はぁ……」

「吸って」

「すぅ……」

「吸って」

「すぅ……」

「吸って」

「…………………」

ミデアはわなわなと震えだした。

顔が真っ赤っかになって、息が苦しそうだ。

「……ぷはぁ！　し、ししょぉ……」

息苦しさの限界に達したミデア。

肺に溜まった息をまとめて吐き出して、涙目で俺を見つめてきた。

「どうだ、落ち着いただろ」

「お、落ち着いたですけど……」

恨めしそうな目で俺を見るミデア。

「……ちなみに今のは剣の極意でもある」

「え？　ど、どういうことですか？」

「敵と対峙《たいじ》したとき、バカ正直に向こうのガードがあるところに斬《き》り込んだりしないだろ？　隙《すき》を見つけたりとかガードが下がったところに斬り込むのが勝利への近道だ」

「な、なるほど！」

「今のはそのガードを下げる方法だ。吸って吐いての、相手の予想をあえて外すという方法だ」

「なるほど！　勉強になります師匠！」

ミデアはびしっ！　と敬礼をしてきた。

「吸って」の連続を素直にやったのもそうだけど、ミデアはどうにも馬鹿正直すぎるな。

まあ、それはとりあえずいいや。

「それで、何が大変なんだ？」

「そうだ！　大変です師匠！　エデッサっていうところで新しい遺跡が発見されたみたいなんです」

「へえ、遺跡か」

それはちょっと楽しみだな。

今でも、たまに数百年とか、数千年前の遺跡が発見されることがある。

多くの場合、遺跡の中を調査すると今はない何かが見つかる。

ちょっと前にも、どらやきとかブルマとか、昔の人間が発明したものが見つかってちょっとしたブームになっていた。

「面白そうだな。その遺跡がどうかしたのか？」

「それが、全然中に入れないんです」

「中には入れない？」

「はい！　なんか入り口に結界？　が張られてるみたいで、誰も中には入れなくて、今も入ろうとして苦戦してるみたいなんです」

「へえ、まあ遺跡だし、そういうのもあるかもな」

……。

「で、それの何が大変なんだ？」

「おじいちゃんが、『女体のかほりがする』って言って遺跡に行こうとしてるんです」

「それは……」

大変だ……な？

☆

次の日、俺はオルティアを誘って、二人で馬車に乗っていた。

馬車はピンドスの街を出て、街道を一直線に進んでいく。

俺たちが乗ってる馬車はそこそこのもので、馬が四頭仕立て、内装はちょっとしたリビングに匹敵するものだ。

そのリビングの中で、酒とごちそうを並べながら、オルティアとくつろいでいる。

「それにしても珍しいね」

「ん？　なにが？」

「ヘルメスちゃんが外遊に誘ってくれるなんて」

「まあ、たまにはな。周りにも金を落とさなきゃ」

「うんうん、ヘルメスちゃん分かってる。大好き」

オルティアは満面の笑みで抱きついてきた。

普段表に出てくるのは娼館《しょうかん》だが、実のところその裏で酒屋とか、洗濯屋とか、医者とか。

様々な業種と共存共栄している業種なのだ。

お大尽《だいじん》ともなればたくさんの娼婦を引き連れて物見遊山《ものみゆさん》に出かける、そうなると馬車とかの足はもちろん、先行した安全と場所を確保する人間、娼館にいるときに劣らない酒やごちそうを現地まで運ぶ人間――等々。

様々な人間と商機が複雑に絡みあってくるもの。

娼館の中で遊ぶだけじゃなくて、外に連れ出すと普段よりも遙《はる》かに広く金が行き渡る。

勘違いしてる統治者は多いが、統治者にとって民間が潤うほどいいことはない。

極論、金が回らなくなったら、穴を掘って穴を埋めるくらい無駄な仕事であっても、それをやらせて金を流して動かすべきだ。

「で」

「え？」

「本当は？」

「またまた、ヘルメスちゃんと何年付き合ってると思ってるの。ヘルメスちゃんが何もなしに外遊をするって言い出すわけがないじゃん」

「本当はって？」

「……」

さすがオルティア、付き合いが長いだけのことはある。

彼女の言うとおり、普段の俺だったらこんな面倒臭《めんどうくさ》いことはしない。

オルティアのところに行って、のんびりだらだらするのが普段だ。

外——郊外まで行って遊ぶなんて面倒臭いことは絶対にしない。

「まあ、ちょっとな」

「そかそか。あたしは普段通りでいいのかな」

「ああ、そうしてくれ」

「分かった」

オルティアははっきりと頷《うなず》いた。

付き合いが長いだけあって、彼女は俺のことをよく知っていた。

それに、賢かった。

俺が外遊を隠れ蓑《みの》にしようとしていると分かれば、それ以上のことは聞こうとしないで、隠れ蓑としての役割に専念しようとした。

「ヘルメスちゃん、一生のお願い！」

「そかそか、なんでも言ってみろ」

「痛い痛い痛い――」

俺はオルティアのこめかみをグリグリしながら、馬車に揺られながら、目的の遺跡に向かっていった。

☆

丸一日かけて、俺たちはエデッサという、山の麓《ふもと》にある小さな村にやってきた。

普段はきっと穏やかな慎《つつ》ましい村なのだと分かるが、今はものすごく賑《にぎ》わっている。

村からはみ出すほどのおびただしい数のテントがあっちこっちに張られてて、いろんな人間がバタバタと走り回っている。

それを俺は、馬車の中から顔を出してじっと見つめた。

「おい、そこのあんた！」

「ん？」

声の方を向く。

すると、一人の青年が怒った顔で近づいてくるのが見えた。

「ここになんのようだ――って、娼婦との車遊びか」

窓から中を覗《のぞ》き込んで、オルティアの姿を見た青年はこっちの狙い通りに勘違いしてくれた。

貴族の格好をした俺、娼婦のオルティア、豪華な四頭立ての馬車――。

ここまでくれば大抵の人間はそういう風に勘違いしてくれる。

「ああ、彼女がここの景色が好きでな。なんかあったのか？」

「何も知らないで来たのか？　遺跡が見つかったんだよ」

「へえ」

「それで調査のためにみんな集まったんだけど、入り口が結界で固く閉ざされててさ」

「そうなのか」

ミデアの言ってた通りだ。

「一日でも早く調査しに中に入りたいってのに、こんなところで足止め喰らってさ。その上――」

青年は俺をじろりとにらんだ。

その先の言葉は呑み込んで言わなかったが、仕事で行き詰まってるところに貴族が娼婦連れて野次馬に来ればどう思われるのかはあえて聞くまでもないことだ。

「命が惜しいのならさっさとここから消えろ」

男はそう言って、プリプリ怒った顔で、大股《おおまた》で去っていった。

俺はしばらく窓から外を、テントを張ってる調査隊の群れをしばらく見つめた後、馬車の中に引っ込んだ。

オルティアは、ポンポンと自分の膝を叩いた。

因果《いんが》を含めてあるオルティアは何も聞かずに、俺の思考を邪魔さえもしないでいた。

俺は彼女に膝枕をしてもらい、柔らかいのと温かいのを感じながら、考えた。

ぱっと見たかぎり、腕利《うでき》きの結界師とかもいた。

遺跡に結界を張られていることはよくあることだから、遺跡が見つかった後の調査に結界師が同行するのは当然だ。

しかし、さっきぱっと見た感じ、「隊に随行《ずいこう》する」のよりも腕がいいっぽい結界師もいた。

一流の腕利きは、こういうのにいつも同行するものじゃない。

普段はそこそこの人間に任せて、いざって時だけ要請に応じて駆けつけるのが一般的だ。

そういう、普通はいないクラスの結界師までいて、そして表情が暗かった。

つまりはそういうレベルの結界師でもダメだったってことだ。

……実際にどうなってるのか見てみたいな。

「ちょっと散歩しよっか」

「うん」

頷くオルティア。

俺は彼女を連れて、馬車から降りた。

さっきの青年以外でも、こっちに気づいてジト目で睨《にら》みつけてくるのがいた。

そういう視線は気にしなかった。

いやむしろ、こういう時に女連れで遊びまわる放蕩《ほうとう》貴族って評価下がるよな。

あえて正体ばらすか——いや。

そういうのを狙うとろくなことにならない。

わざわざ評価を落としにいくと、逆に上がってしまうのは、今までの経験でちゃんと学習してる。

偶然バレるならまだしも、わざとばらしにいくのはやめよう。

さて、遺跡は——。

「おい！　来るぞ！」

「みんな！　テントの中に入れ！」

「急げー!!」

急に、周りが慌ただしくなってきた。

それまで外にいた人間たちが慌てて次々とテントの中に駆け込んだ。

「な、何が起きてるの？」

オルティアは怯《おび》えて、俺にぎゅっとしがみついた。

「さあ……大丈夫だ、俺のそばにいれば大丈夫だから」

「……うん」

その一言でオルティアはすっかり安心したようだ。

オルティアはこっちの都合で連れてきたんだ。

何が起きてもオルティアは守って無事に帰す。

そう思って、オルティアを背中に隠した直後——それが来た。

黒い波動が襲ってきた。

まるで水面の波紋のように、遠くにある一点から周りに広がる。

そして——こっちに襲ってくる。

俺は手をかざした。

黒い魔法障壁を展開して、波紋を弾く。

波紋は障壁にぶつかって、かき消された。

「わあ、今の格好いい」

「そうか？」

「あっ、また来た」

オーラの波紋は、まるで心音のように規則的に何度も何度も何度も襲ってきては、障壁とぶつかる。

その波紋を観察する。

周りのテントとか、木々とか、俺たちが乗ってきた馬車とか。

そういうものに影響は出てない。

しかし、空から黒い何かにまとわりつかれた小鳥が墜落《ついらく》してきたり、そもそも直前に連中がテントの中に避難しろと慌てたりしてたのを見ると。

「動物にだけ何か悪影響が出る、のか？」

「そういうのあるの？」

「ああ、たまにな」

あるにはあるんだけど、これは一体なんなんだ？

そう思っていると、事態がさらに変わる。

さっきまで水面の波紋のように全方向に広がっていた黒い何かが、まっすぐとこっちに伸びてきた。

そしてそれは、俺にまとわりつく。

オルティアじゃない、俺にだけまとわりついた。

「むっ、これは――」

「大丈夫ヘルメスちゃん」

「ああ、でもなんか――」

変な感じ、って言おうとした直後、俺にまとわりついてた何かがはじけ飛んだ。

同時に巨大な音が辺り一帯に響き渡った。

まるでガラスが割れたような音だ。

「……やべえ」

悪い予感がする。

すごく悪い予感がする。

ものすごく悪い予感がする。

俺の予感は正しかった。

「おい！　結界が破れてるぞ」

「なに!?　まさか今の音と関係があるのか？」

「誰か見てこい」

俺はがっくりときた。

よく分からないが、状況だけは分かる。

「ヘルメスちゃんなんかやっちゃった？」

「……ああ」

オルティアでも分かるくらい、やらかした状況になっていたのだった。

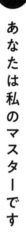

145 あなたは私のマスターです

俺はオルティアを連れて、馬車の中に引っ込んだ。

馬車の中にいても分かる、外はいきなりのことで慌ただしくなってる。

「どうするのヘルメスちゃん」

「逃げるぞ、まだ気づかれてないうちに――」

「失礼、馬車の中のお方にお目通りをお願いしたいのですか」

「――あう」

俺はがっくりきた。

「もう見つかっちゃったね」

「そうみたいだ……」

どうやら逃げられそうにないようだ。

俺は観念して、馬車の窓を開けた。

すると、冒険者っぽい一団がいて、それらは馬車の前に綺麗《きれい》に整列して、こっちをまっすぐ向いていた。

「な、なに？」

「失礼ですが、高名な結界師の方とお見受けしたのですが。お名前を頂戴《ちょうだい》してもよろしいでしょうか」

「な、名乗るほどのものじゃない」

「おー、初めて聞いた。〝名乗るほどのものじゃない〟」

オルティアは俺の後ろで感心していた。

というか、彼女はもはや楽しそうに、なんかの観戦モードっぽい空気を出していた。

くそ！　もう俺が逃げ切れないとみて高みの見物を決め込んでるな。

……いや、そうなんだろうな。

俺もオルティアの立場だったらそうしてるはずだ。

もう逃げられないと、俺は観念して馬車を降りた。

「……結界は破れたのか？」

と聞くと、正面に立っている大人しそうな男が静かにうなずいた。

「はい、さきほど結界の消失を確認いたしました」

「やっぱりそうか」

「後学のために、どうやって破ったのかお聞かせ願えますでしょうか」

「……」

俺は口を閉ざした。

あの時のことを思い出す。

黒い波紋が体にまとわりついてきたとき、体の中にある力と共鳴した。

それは、少し前に手に入れたばかりの力。

初代が残した七つ星のコインで、あのコインから出てきた少女が授けてくれた力だ。

まあ未知数なところが多いから、下手《へた》に何も言わない方がいいな。

「家に代々伝わる力だ、それ以上は言えない」

少し考えた結果、そう言った。

すると男は小さく頷《うなず》いて、「そうですか」といって引き下がった。

代々伝わる門外不出の技、一子相伝《いっしそうでん》の奥義。

というのはどこの業界にも存在するもので、そういうと大抵の人間は空気を読んで引き下がってくれる。

実際、相手はそれで引き下がってくれた。

「話がそれだけだったら――」

「我々のリーダーが是非《ぜひ》会いたいと申しております」

むむ、そうきたか。

「ご足労《そくろう》願えませんでしょうか」

「うーん」

俺は少し考えた。

行くべきか、行かざるべきか。

行ってしまうと何かが起きそうな悪い予感もするけど、かといって断ってしまって、自分の手の届かないところで何かを起こされてもそれはそれでいやだ。

どっちがよりましなのか——で考えていると。

「もちろん、お連れの方もご一緒に」

「え？　ああ」

俺が考えて込んでいる理由を、オルティアを連れていけるかどうか、って誤解してくれたみたいだ。

そんなのは考えてもなかった。

どのみち、オルティアはここまで連れてきたんだから、どんな形だろうと絶対に安全は守れるようにはするつもりでいる。

が、これは渡りに船だ。

どのみち、どっちでもなんか悪い予感がする。

どれを選んだところで大して差はないだろうから、話に乗っかって、オルティアに決めてもらうことにした。

「どうする、ついてくるか？」

「うん！　ヘルメスちゃんの行くところならどこまでも」

「そうか――じゃあ案内頼む」

「はい。こちらへどうぞ」

男はそう言って、手を差し出して、少し横にずらして道を空けた。

俺が示された方に向かってオルティアを連れて歩き出すと、男は一歩下がった状態でついてきた。

そのまま、テントの中でも一番豪華なテントに案内された。

外からでも立派だが、中に入っても相当に立派だった。

大がかりな、部屋がおそらく二つか三つはあって、さらにリビングのあるタイプのテントだった。

そのテントに入った。

連れてきた男たちは外で待った。

テントの中には俺とオルティアだけが入った。

リビングの部分は会議室っぽい造りになっていて、テーブルの向こうに一人の大男が座っていた。

広いテントの中、俺とオルティアとその男の三人だけだった。

「ロドトス様、お客さまをご案内しました」

「おう！　あんたか、結界をぶち破ってくれたのは」

男は立ち上がって、こっちに向かってきた。

ずんずんと大股《おおまた》で向かってくる男。

目の前までやってくると、完全に俺を見下ろした格好になった。

手を伸ばして、俺の手をつかんで上下にぶんぶん振った。

「俺はシビック＝ロドトス十三世。シビックでもロドトスでもいいぞ」

「あー、えっと、ヘルメスだ」

「ヘルメスか、いい名前だな」

ロドトスは豪快に笑いながら、握手をやめてパンパンと俺の肩を叩いた。

無遠慮《ぶえんりょ》の馬鹿力で、ちょっと背中が痛い。

そして、じっと俺を見つめる。

「なあ、どうやったんだ？　教えてくれよ」

「いや、家に代々伝わる力だから」

「代々の力か、いいなそれは。俺なんか名前を受け継いだはいいけど力とか金とか、そういうのはまったく残してもらえなかったんだよな」

「はあ」

「まあ、男はそんなもんなくてもどうとでもなるがな」

ロドトスはそう言いながら、天を仰《あお》いで豪快に笑った。

がさつだが、悪い男ではなさそうな。

「そうかそうか、家の力か。じゃあ結界がどういうものなのかも聞けないんだな?」

「まあ、な」

俺は曖昧《あいまい》に頷いた。

物事には大抵原因と理由がセットになってる。

それは原因から理由でも、逆に理由から原因でも、双方向に推測ができるものだ。

やった方法は聞けないのなら、結界の謎についても聞けないのは当たり前のことだ。

ちょっと評価を修正。

がさつだが、無神経ってほどでもなさそうだ。

「なら、これだけは聞かせてくれ。あの結界はこの先復活すると思うか?」

ロドトスはそう言って、真剣な目で俺をまっすぐ見つめてきた。

当然の質問だな。

リーダーとして色々と預かっている以上、聞かなきゃならない質問だ。

遺跡のために集まってきた人間は、テントの数とかここに来るまでの間にすれ違った数を見つもると、全部で二〇〇～三〇〇人くらいはいる。

それだけの人数に関わるとなると、さすがにごまかすのは悪いな。

俺は少し考えた。

波紋が俺にまとわりついて、結界が破れた瞬間の感覚を思い出しつつ、推測する。

「……推測になるけど」

「おう、世の中のことは大抵がそんなもんだ」

「短期間で復活するようなものじゃない。月単位だと分からないけど」

「あはははは！」

ロドトスはまた豪快に笑って、俺の肩をパンパン叩いた。

「それだけ分かりゃ十分だ。ありがとうよ伯爵さん」

「ああ、じゃあ俺らはここで――伯爵？」

身を翻《ひるがえ》しかけた俺は、その場で止まった。

恐る恐るって目でロドトスを見る。

「なんだ？　お忍びだったのか？　ああそのべっぴんさんを連れてるしそうなのか」

「えっと……俺のことを――？」

「おう。ピンドスの伯爵さんだろ？　有名人だからすぐに分かったぜ」

「わあ」

後ろでオルティアがなぜか嬉しそうな声を出して、ちらっと見たらわくわくっぽい表情をしていた。

「えっと、俺だって分かったのは――」

「あははは、安心しろ誰にも言ってねえ。念の為に誰にも入るなって言ってある」

「ああ、それは助かる――」

「会えてうれしいぜ伯爵さん。噂《うわさ》以上にできる男だから、これからもよろしく頼むぜ」

ロドトスはまたパンパンと、肩を叩く。

どうやら、知らず知らずのうちに気に入られてしまったみたいだ。

☆

テントを出て、俺はオルティアを連れて馬車に戻った。

「気に入られたみたいだね」

「そうみたいだ……はあ……」

俺はがっくり肩を落として、トボトボと歩いた。

「元気ないね」

「そりゃそうだ。あの手の男はやっかいなんだよ。絶対何かに巻き込まれる」

「そういうものなの？」

「そういうものなの……」

がっくりしたまま、今後どうしようかな、と思いながら馬車まで戻ってきた。

御者は俺たちが出かけた時と変わらない格好で、御者台に座っている。

それをスルーして、俺たちは馬車に入った。

馬車の中にもどってくると、ちょっとだけ落ち着いた。

落ち着いたからか、それとも馬車という空間に入ったからか、鼻が急にムズムズしだした。

「はっ……はふっ……」

「あっ、ちょっと待ってて」

俺がくしゃみしそうになってるのを見て、オルティアは鼻をかむ紙を取りに奥に向かった。

「――ハクシュッ！」

それは間に合わず、くしゃみが先に出た。

くしゃみが出た。

ただのくしゃみじゃなかった。

くしゃみが出る直前、体の中に二つの力が混ざり合った。

一つは、七つのコイン由来の新しい力。

もうひとつは、その新しい力に反応してはじけ飛んだ結界の力。

結界の力の一部がどうやら体の中に残っていたみたいで、俺の元々の力と反応した。

それがくしゃみと一緒に出た。

気づいて止めようとしたが、さすがにくしゃみを止めることはできなかった。

くしゃみを止めることは大暴れする魔王を止めるより難しい――のは言い訳にしかならないけど、とにかくできなかった。

「はい、ヘルメスちゃん」

オルティアが紙を持ってきた。

差し出された紙を、俺は受け取らなかった。

「どうしたのヘルメスちゃん」

「あれ」

「あれって……あれ?」

俺が指差した場所を見たオルティアが声を上げた。

くしゃみが飛んだあたりの床に、なんと一振りの剣が落ちていたのだ。

大振りの、肉厚の両刃剣だ。

「こんなのあったっけ」

「……」

俺は警戒した。

そしてものすごい悪い予感がした。

オルティアは分かっていないが、俺には分かってる。

あれは――くしゃみから出てきたものだ。

「そういえば」

「え？」

「神話の中に、目とか鼻とか洗ったら子供が生まれたってのがあったっけな」

「何言ってるのヘルメスちゃん」

「ごめん、ちょっと現実逃避だ」

間違いなくヤバいものだって分かるから、現実逃避してしまった。

「オルティアは俺の後ろに隠れてて」

「え？　なんか危なかったりするの？」

「分からない、念の為の用心だ」

「そか、分かった」

オルティアは素直に、言われた通りに俺の背後に隠れた。

別に前にいても絶対に守り切るつもりでいるが、念の為だ。

俺はオルティアを背中に隠して、何があっても彼女だけは守れるように警戒しながら、近づいていって、しゃがんで剣を取った。

すると――まばゆい光が溢《あふ》れ出した。

「きゃっ！　な、なにこれ」

「動くなオルティア！」

「う、うん！」

俺は剣から手を離した。

そしてオルティアをかばった。

彼女をかばいつつ、全方位に魔法障壁を張った。

何が来ても対処できるように身構えたが、予想に反して何も来なかった。

しばらくして、光が収まった。

目をゆっくりと開けると――。

「え？」

俺は目を疑った。

剣がなくなって、剣がある場所に一人の女の子が立っていた。

幼女よりも少し大きく、少女には少し届かない。

第二次性徴《だいにじせいちょう》まっただ中――くらいの女の子。

女の子は目を瞬かせて、周りを見てから、俺を見つめ。

「マスター？」

女の子はそう言った。
俺に向かって「マスター」って呼んだ。
俺の「厄介事《やっかいごと》センサー」が全力で警告音を鳴らしてきたのだった。

146 『全てを殺す』

「え？　この女の子は誰？」

驚くオルティア。

残念だが、今からもっと驚いてもらうことになる。

「剣がなくなってるだろ？」

俺は床を指しながら言った。

「え？　あっ本当だ」

「さっきの剣が化けた女の子なんだよ」

「おー……そうなんだー」

「驚かないんだな」

「驚いてるよ。でも、ヘルメスちゃんならなんかそういうのもありかなって」

「そういうのってなんだよ」

「うーん、なんだろね。分かんない――いたたたたた」

俺はオルティアの後ろに回って、彼女のこめかみを拳で挟んでグリグリした。

「もう、ヘルメスちゃんひどいよ」

抗議するオルティアを放してやった。

オルティアのおかげで落ち着いた俺は、女の子の方を改めて向いた。

彼女は現れてからずっと大人しくこっちを見つめていて、黙ったままだ。

「お前の名前は？」

「私の名前はフル・スレイヤーです、マスター」

「そのマスターっていうのは？」

「私たちスレイヤー一族の掟《おきて》です。休眠から目覚めさせてくれた者をマスターとして、その力となって戦います」

「穏やかじゃない話だな。一族ってことは他にもいるのか？」

「分かりません」

女の子――フルは首さえも振らず、俺をまっすぐ見つめた。

どうやら、ボディランゲージが少なめな性格みたいだ。

「私が休眠するときにはもう私だけになっていました」

「え？　そうなの？」

「はい、ドラゴンとゴブリンが最後まで一緒にいたみたいですが、私よりも先に逝《ゆ》きました」

「ドラゴンとゴブリン？　お前の一族の話じゃなかったのか？」

「はい、そうです。ドラゴン・スレイヤーとゴブリン・スレイヤー。一応私の叔母《おば》と大伯母《おおおば》にあたる者でした」

「名前が物騒すぎる!!」

ドラゴンとゴブリンって聞いて、本当のドラゴンとゴブリンかって思ったら、実は個人名だって聞いてびっくりした。

「あっ、剣だからそういう名前なんだ」

「そうです」

オルティアがハッとして、フルが頷《うなず》いた。

そのやり取りにもボディランゲージはなくて、フルが無表情で認めた――という形になった。

というか、そうか剣だからそういう名前か。

ドラゴン・スレイヤーにゴブリン・スレイヤーか。

ドラゴン・スレイヤーはなんかの古い文献で読んで実在してたことは知ってるけど、同一――人物？　なのかな。

ゴブリン・スレイヤーはまあ、初耳だしそんなの必要あるのかって不思議に思った。

「っていうか、なんでお前一人だけになったんだ？」

「私たちは、魔剣エレノアを参考にして生み出された一族です」

「魔剣を参考に？」

「はい。人間ではなく、人造生命体の一種で、正しくは意識を持った剣――インテリジェンスソードです」

「ええっ、人間じゃないの？」

オルティアはまたまた驚いた。

「はい」

「こんなに可愛《かわい》いのに？」

「魔剣エレノアとその娘はもっと可愛かったと聞きます」

「魔剣なのに娘がいるの？」

「はい、名前は――」

「いやそれは今いいんだ」

俺は話を途中で遮《さえぎ》った。

なんとなく、はてしなく脱線していきそうだったから、そこそこのところでストップさせた。

「それよりも俺がマスターっていうのはどういうことなんだ？」

「先ほども言いました」

フルはそう言った。

表情も口調もまったく変わらないけど、なんかちょっと棘《とげ》を感じた。

「私たちスレイヤー一族の掟です。休眠から目覚めさせてくれた者をマスターとして、その力となって戦います」

「いやそれは聞いたけど。そもそも休眠から目覚めさせた覚えはないぞ」

「マスターの中にあるエレノアゆかりの力を一部いただいて、それで休眠を解きました」

「……あぁ」

なんとなく分かった。

カオリが言っていたことも思い出して、なんとなく分かった。

つまり、あの七つコインの力が、フルを目覚めさせる鍵《かぎ》になったってわけだな。

「おおぅ……」

俺はがっくりきた。

やっぱりやっかいな力じゃないか。

「どうして気落ちするのですか、マスター」

「だってなあ……」

「私は一族最後にして最高傑作《けっさく》。ドラゴンとかゴブリンとか、そんなみみっちい制限はありません。全てを殺すという意味での『フル』を名付けられました」

「物騒だわ!!」

物騒すぎるわ！

ってかそういう意味なんか！

ドラゴン・スレイヤーとゴブリン・スレイヤーは意味がすぐに分かったけど、フル・スレイヤーとか想像さえもできなかったわ。

「私を手に入れれば世界を手に入れられるといわれています」

「すごい！　世界だってヘルメスちゃん」

「いやそんな力いらないから……」

「えー、もったいない」

「……」

俺は考えた。

フル・スレイヤー。

全てを殺せる意味の剣、世界を手に入れられる程の力。

「……残りの〇・五は？」

思わずそうつぶやいた。

七つコインを集めた瞬間に言われた、世界を一・五個手に入れられる力。

フルが世界を手に入れられる力だと言った。

普通に考えて、言葉の意味と行間を普通に読めば、それは「一」ってことだと思う。

わざわざこれで「一・五」ってことにはならない。

となると残りの〇・五は……？　って疑問が浮かび上がってくるが。

プルプル。

俺は首を振った。

そんなの、今は考えない方がいいと思ってしまった。

そんなことよりも、まずはフルのことを考えた。

間違いなく面倒なことになるから、できるなら関わり合いたくない。

「話は分かった。でもお前のマスターにはなれない」

「どうしてですか？」

「……どうしてもだ」

面倒臭《めんどうくさ》いのはいやだ——とは、さすがに面と向かっては言えなかった。

「分かりました」

フルはそう言って、きびすを返して、馬車の扉に向かっていった。

「まってフルちゃん、どこに行くの？」

「どこかその辺へ」

「どこかその辺？」

「はい。どこかその辺で、エネルギーが尽きて、干《ひ》からびるのを待ちます」

「ちょっと待った！」

聞き過ごせない言葉が飛び出してきた。

「干からびるってなんだ」

「私たちは、一度マスターを持ってしまうと、マスター以外からエネルギーをチャージすることができません」

「んなっ！」

「ドラゴンもゴブリンもそれで逝きました」

「あら……マスターが先に死んじゃったの？」

「はい、天寿《てんじゅ》を全《まっと》うしました」

「あっ、そうなんだ。よかったね」

一瞬かわいそうだなと思ったオルティアの表情がすぐに開いた。

フルはさらに続ける。

「マスターがマスターになれないと言いました。マスターの言葉は絶対ですので、どこかマスターの目につかないところで干からびるのを待ちます」

「うっ……」

「ヘルメスちゃん……」

「ううっ……」

オルティアにジト目で見られた。

言いたいことはすごくよく分かる。

こんな健気《けなげ》で、お前にしか助けられないな女の子を見捨てる気？　って目だ。

「はぅ……分かったよ」

「はい？」

「そばにいていいから。どこにも行かなくていいから」

「そうですか。ありがとうございます、マスター」

そう話すフルはやっぱり表情や口調にも変化はないが、どことなく、嬉しそうに感じられた。

フル・スレイヤー。

全てを殺すという意味の剣。

それが、俺のものになってしまったのだった。

147 お肌の触れあい回線

オルティアを娼館《しょうかん》に送り届けてから、俺はフルを屋敷に連れて帰ってきた。

馬車から降りた俺たちを出迎えてくれたのは、メイドたちを引き連れた姉さんだった。

出迎えにメイドが来るのは当たり前だが、姉さんまで出てくるのは予想外だった。

「お帰りなさいヘルメス——あら？　お客さん？」

「違うんだ姉さん、こいつは……」

フルをちらっと見た。彼女は相変わらず無表情だった。

さてどう説明したのいいのか、って迷っていると。

「初めまして、マスターの姉君とお見受けします」

「ええ、そうですよ。あなたは？」

「私はマスターのものになりました、フル・スレイヤーといいます」

「……あらあら」

姉さんは小さく驚き、手を口に当てて俺とフルを交互に見やった。

「そうなのですかヘルメス」

「ち、ちがう。違うぞ姉さん！」

姉さんの表情で、何を誤解しているのかありありと分かった。

「彼女は剣、剣なんだ」

「もう、ヘルメスってば。そんなわけの分からない言い訳をしなくてもいいのですよ。貴族、しかも伯爵家の当主なのですから、側室の十人や二十人くらいは」

「多すぎる！　そんなに持つつもりはないから」

「持たないのですか⁉」

「なんでそこで驚くんだよ姉さんは！　本当に違うから、剣だから」

「えー……」

姉さんはうさんくさそうなものを見るような目で俺を見て、フルを見た。

「こんなに可愛《かわい》らしい女の子なのに？」

「ああもう、分かった。証拠見せるから。フル、剣になれるよな」

「はい、もちろん」

「だったらなってくれ――」

「分かりました。その前に説明しますが、私がマスター持ちとなったので、剣の姿に一度なると、最低一人あるいは一体斬殺《ざんさつ》しないと再び人型には戻れませんので。では――」

「待て待て待て！　そんなの聞いてないぞ！」

俺は慌ててフルを止めた。

なんだよ斬《き》らないと人の姿に戻れないって。

「はい、今言いました」

「いやそうなんだけど！　なんでそうなってんのさ」

「分かりません。ただ、私たちのルーツは魔剣ですので、その辺りに原因があるのではないか、と推測します」

「はた迷惑だな！」

俺は盛大に突っ込んだ。

魔剣由来だ、って言われれば嫌だけど納得するしかなかった。

「では――」

「いやいいから。今は誰も斬らないから」

「いいのですか？」

「ああ」

俺ははっきりと頷《うなず》いた。

誰かを斬らないといけないなんて、そんなことをしたらものすごくやっかいなことになる。

「というわけで姉さん、悪いが信じてくれ……」

「……そうですね、分かりました」

「信じてくれるのか？」

「ええ、今、ヘルメスが何かを面倒臭がったのが分かりましたから」

「それで納得されるのもどうかと思うけど……」

まあいい、それで信じてもらえたんならこれ以上言うことはない。

☆

フルを連れて、屋敷の中に入った。

まずは寝室に入ると、フルはぴったりくっついてきた。

「あー、ちょっと待ってくれ。今メイドを呼んでお前の部屋を作らせるから」

「その前に、マスターにお願いしたいことがあるのですか」

「ん？　なんだ」

「マスターの力をいただきたいのです。このままだと、私は力を失って干からびます」

「そういえばそんなことを言ってたな。チャージって何をすればいいんだ？」

そう言いかけて、俺はハッとした。

「まさか、エッチなこととかじゃないよな」

「いいえ、一族の初期、試作型はそうじゃないとできませんでしたが、それでは面倒な上、人の目もあるからチャージが難しく、正式量産型からは普通にふれあうだけでよくなりました」

「そ、そうか……」

俺はホッとした。

セックスとかじゃないとチャージできない、って言われたら困り果てるところだ。

「じゃあどうすればいいんだ」

「最終型の私は、マスターとふれあえばチャージされます。着衣越しでも大丈夫です。ただし密着度が高ければ高いほどいいので、おんぶか抱っこをオススメします」

「なるほど……」

おんぶか抱っこか。

まあそれくらいなら。

「では」

どっちがいいのかって考えているうちに、フルが動いた。

彼女は小声でつぶやいた後、手を合わせて祈るようなポーズをした。

直後、フルの姿がみるみるうちに縮んでいった。

ただでさえ幼いのが、さらに幼い姿になった。

着ていた服が若干《じゃっかん》だがぶかぶかになって、それがなんだか可愛らしかった。

「そんなこともできるのか。でもなんでだ？」

「チャージするときは、小さくなった方が消耗《しょうもう》を抑えられて、効率的なのです」

「へえ、そうなのか」

その話を聞いてちょっぴり感心した。

同時に、フルを見た。

可愛らしい女の子になってる彼女を見て。

「抱っこでいいのか？」

「はい」

「分かった、じゃあ――」

俺はそう言って、ベッドの上に腰掛けた。

「いいぞ」

許可を出すと、フルが近づいてきた。

俺によじ登って、膝の上にちょこんと座って、そこで丸まった。

まるで小型犬のように、俺の膝の上にすっぽりと収まった。

「なるほど」

体の中から、力がフルに向かって流れていくのを感じた。

といっても大したものじゃなくて、一晩流し続けてもフルパワーの一％あるかないかっていうか細いものだ。

　これならやらせておいても問題ないかな、と思った。

「すぅ……」

「フル？　寝てしまったのか」

　いつの間にか、丸まったまま寝息を立てはじめたフル。

　そういうものなんだろうか。

　小さくなったのはエネルギー消費を抑えるって言ってたし、寝てしまうのもやっぱりエネルギー消費を抑えるものなのかもしれないな。

　というか――。

「ふぁ……」

　膝の上で寝ているフルの寝息につられて、俺も眠くなってきた。

　両手を突き上げて、あくびをする。

　意識すると、眠気が一気に襲ってきた。

「俺も寝るか……」

　そうつぶやいて、俺はゆっくりと後ろに倒れて、目を閉じて意識を手放した。

☆

どれくらい寝ていたのか。

うっすらとまぶたを開けると、窓の外に夕焼けが見えた。

一時間かそこらかな。

まだちょっと眠いし、もうちょっと寝とくか――。

「ヘルメス？　ここにいますか――あら」

「ねえさん……」

俺は寝ぼけたまま、目を開けてドアの方を向いた。

ドアを開けて入ってきた姉さんは、なぜか驚いたような嬉しそうな、両方がない交ぜになった表情をしていた。

「あらあら、お邪魔でしたね。ではごゆっくり――」

「んあ？　どういういみだねえさん」

聞き返すも、姉さんはニヤニヤしたまま後ろ歩きで部屋から出ていって、ドアを静かに閉じた。

一体なんだ？　って思って、フルを見た瞬間。

「んな――！」

瞬間、眠気が跡形もなく吹っ飛んでしまった。

ベッドに寝そべっている俺。

その上に乗っかって寝息を立てているフル。

そこまでは眠りに落ちる直前のままだが、フルの姿がまるで違っていた。

彼女は大きくなっていた。

子供から年頃の、成長しきった大人の姿になった。

ボン、キュッ、ボン！

な感じのいいスタイルになっていた。

そして、大人になったせいで、着ていた服がはち切れて、あっちこっちが破けてしまっていた。

服が破けて、あられもない姿になっていた。

「あっ、そうそうヘルメス」

ドアが再び開いて、姉さんが顔だけにょきっと出してきた。

「ふえ？」

「ちゃんと部屋に防音魔法をかけておきますから、遠慮《えんりょ》とかまったくいらないですよ」

そう言って、姉さんはウィンクを残して、ドアを閉じて今度こそ出ていった。

ドアの音がしなかった、ドアと壁を境に防音魔法をかけたのがそれで分かる。

「違うんだ姉さん！　そうじゃないんだ！」

俺は絶叫したが、声は当然届かず。

「すぅ……」

寝息とともにチャージ中のフルを起こすこともできなくて、俺は、弁解のチャンスをのがしてしまうのだった。

148 魔王はもう、本気を出したい

朝、俺はいつものように窓からの光で起こされた。

当主になっても、よほどのことがない限り朝は起こしに来るなとミミスやメイドたちに言い含めている。

寝られるだけ寝て、好きな時間に起きたいからだ。

今日も自発的に目がさめるまで寝られて、幸せだと思った。

そうしてベッドの上で体を起こして、伸びをする。

さて着替えるか——と思ったその時。

「うおっ！」

壁際に立っている少女の姿にびっくりした。

十二～十三歳くらいの背格好の少女は、微動だにしないまま壁に立っていて、俺の方じゃなくてまっすぐと彼女の真っ正面をじっと見つめている。

最初は驚いたが、落ち着いた後それがフルなんだと気が付いた。

「フル……何してるんだ？　そこで」

「何って、剣は壁際に立てかけておくものですが」

「いやいや」

「主がいつでも使えるように手の届く範囲にいるのが剣のたしなみです」

「剣ならそうなんだろうけど……」

いやフルは確かに剣なんだけど。

人の姿になれる、人造の魔剣。

俺は彼女が剣と人間の姿を行き来しているのを実際に見ているだけに、「実は剣」というのにもはや疑問を持っていない。

それでも、人間にしか見えない姿で「剣のたしなみ」を論じられると違和感しかない。

「もしかして、夜の間ずっとそこに立ってたのか？」

「はい、それが何か？」

「いやいや、立ちっぱなしは大変だろ」

「そんなことはありません。まっすぐ立っていれば、むしろだらけて座っているよりもエネルギーの消費は少ないです。衛兵たちと同じです」

そう話すフルの姿は、確かにビシッと、背筋を伸ばしてまっすぐ立っていた。

俺からしたらそっちの方が絶対キツいと思うんだけど、フルにはそうじゃないみたいだ。

「分かった、もういい」

「はい」

俺はため息をつきつつ、ベッドから降りた。

なんというか……まだまだ慣れないな……フルに。

☆

着替えてる間も、朝の洗顔とか身支度《みじたく》してる間も、食堂で朝食をとっている間も。

フルはずっと、俺の「手が届く範囲」で、背筋を伸ばしてビシッと立っていた。

その度《たび》にメイドたちはやりにくそうにしてた。

メイドたちが食器を下げて、食後のコーヒーを淹《い》れてくれてる間に、フルに言ってみた。

「ずっとそうしてるのか？」

「マスターのそばにいるのが使命ですから」

「そんなにずっとそばにいなくてもいいぞ。剣を使うような場面はそうそうこないから」

「お言葉ですがマスター、常在戦場、という言葉があります」

「大げさすぎるって、そんな戦場にいるようなことがそうそう起きてたまるか――」

ドゴーン！

急に壁が吹っ飛んだ。

吹っ飛んだ壁が巻き起こした土埃《つちぼこり》の中から一人の幼女が悠然《ゆうぜん》と姿を現した。

「甥《おい》っ子《こ》ちゃん、あーそーぼー、なのだ！」

「カオリ！　――はっ」

いきなり現れたカオリ、いつもながらの登場方法に俺は若干《じゃっかん》呆《あき》れたが――すぐにハッとして、フルを振り向いた。

「もう剣になってるぅ!!!」

フルは少女の姿ではなく、剣の姿になって、床に突き刺さっていた。

『どうぞマスター、私をふるって存分に戦って下さい』

「おっふ……」

俺はがっくりきた。

そんなことがそうそう起きてたまるか、と言いかけた瞬間に乱入してきたカオリ。

何か仕組まれてるんじゃないか？　と思ってしまうようなタイミングだけど、カオリがなんの予兆もなくいきなり壁を壊して入ってくるのはいつものことだから、そんなことはないと諦めた。

ちなみに、カオリが壁を壊して入ってきたときにけが人が出たことはない。

彼女は母親である前魔王の言いつけをちゃんと守って、自分より弱い存在には手を出さないように徹底している。

　こうして無造作《むぞうさ》に壁をぶち破って入ってくるように見えるが、実際は誰も怪我《けが》しないようにちゃんと計算してるらしい。

　そのことがもうメイドたちにも分かっているので、カオリが壁をぶち破っても誰もパニックになることなく、何人かのメイドがやってきて、平然と崩れた壁の周りを掃除《そうじ》していた。

「おお！　甥っ子ちゃん甥っ子ちゃん」

「なんだ……？」

「あれはもしかしてスレイヤーシ、、、リーズなのだ？」

「知ってるのかカオリ？」

「もちろんなのだ。おばさまのまねっこで作られたものなのだ」

「ああ……」

　そういえばそういう話だったっけ。

　カオリが話す「おばさま」の話がいちいち非常識にぶっ飛びすぎてて、なかなか覚えきれていない。

　俺は一度頭の中で整理した。

　その「おばさま」を参考にして、フルのスレイヤー一族が作られた。

　そしておばさまとやらは、カノーの初代と結託して、七つ星コインの試練をつくった。

俺はうっかりそれを完全クリアして、「おばさま」由来の力を手に入れた。

そして手に入れた力でスレイヤー一族最後の一人であるフルを目覚めさせてしまった。

……と、こんなところか。

なんというか、全ての元凶がその「おばさま」って気がしてきた。

「それにしても懐かしいのだ」

カオリは言葉通り、懐かしむ目で地面に突き刺さっている、剣の姿のフルを見た。

「フルを知ってるのか？」

「これは知らないのだ、私が知っているのはデビル・スレイヤーなのだ」

「デビル・スレイヤー……」

「魔王を殺すために作られた剣なのだ」

「ああ……」

俺はなるほどと頷《うなず》いた。

ドラゴン・スレイヤーとゴブリン・スレイヤーの名前はフルの口から聞いている。

魔王に対する魔王の剣を作っていたとしてもなんの不思議はない。

「もしかして、そのデビル・スレイヤーと戦ったのか？」

「ううん、なのだ」

カオリははっきりと首を横に振った。

「デビル・スレイヤーの出来は良かったけど、使い手が未熟すぎたのだ。歴史上最高の宝の持ち腐れなのだ」

「そこまでか……」

俺は微苦笑した。

デビル・スレイヤーをもってしてもカオリと戦うに値しない、ってことか。

「だから私が使い倒してやったのだ」

「逆ぅ！」

魔王を倒す剣を魔王が使うってどういう皮肉だよ。

「そうだ！　甥っ子ちゃん甥っ子ちゃん」

「ん？　今度はなんだ」

「こいつを持って私と戦うのだ。甥っ子ちゃんが持てば二人で天地を震撼《しんかん》させるくらいの戦いができるのだ」

「怖いわっ！　ってかヤバすぎる」

「久しぶりにギリギリのスリルを楽しめるのだ」

「どんな戦闘民族だよお前は！　やらないから」

「えー、やらないのだ？」

「やらないのだ」

ちょっと口調が感染《うつ》ってしまったような感じできっぱりと断った。

「だめなのだ？」

「だめなのだ」

「どうしてもだめなのだ？」

「どうしてもだめなのだ……いいから、座ってお前もコーヒー飲めよ。誰か、カオリにカフェラテを」

「かしこまりました」

カオリが現れてからも、ずっと控えていたメイドの一人が応じて、パタパタと走っていった。

カオリは甘いのが好きだから、これでごまかされてくれるだろう。

「うー、それは残念なのだ」

「諦めろ。まあ、いつかやってやるよ」

「いつかなのだ？」

「ああ、いつかな」

俺は小さく頷いた。

やるとはいったが、いつやるとは言ってない。

とりあえずこの場はごまかして。

「分かったのだ！」

カオリはパッと顔をほころばせて、まだメイドが掃除してる、来たときに破壊した壁の穴から外に飛び出した。

瞬く間に、空の彼方《かなた》に消えていった。

「……何が分かったんだあいつは」

俺は一人でつぶやいた。

『マスター』

「なんだ――ってうわっ！　なんでまだ剣のままなの？」

『私たちは一旦剣になると、何かを斬らない限り人型に戻れません』

「そういえばそうだったね！　えっと……後でハエとかＧとかでいいか？」

『問題はありません』

「ないのかよ……」

いや、フルのような子がＧにきゃあきゃあ言うのも、それはそれでどうなんかって思うけど、まったく気にしないのもそれはそれでどうなんだろうな……。

☆

数日後の午後。

庭でいつものように安楽椅子《あんらくいす》の上でくつろいでいると、姉さんがニコニコ近づいてきた。

ちなみにフルは少し離れたところで、やっぱりまっすぐ立っていた。

「ヘルメス」

「うわっ！　どうした姉さん――なんかやけにニコニコしてるぞ」

「はい、さすがヘルメスですね」

「はあ？　……俺、最近何もしてないぞ」

「またまた――」

姉さんは肘で俺をつっついて、「むふふ」って感じの笑い方をした。

「もうすっかり噂《うわさ》ですよ」

「……なにが？」

「カオリちゃんのことですよ。彼女が魔王軍を戦時態勢に移行させた情報はもう各国に知れ渡っているのですよ」

「なにゆえ!?」

俺はパッと椅子から飛び上がった。

「強い人が強い武器を持ったのだから、自分もそれなりの力を準備しておかないといけない、らしいですよ」

「おっふ」

「強い人」

姉さんは俺を見た。

「強い武器」

姉さんはフルを見た。

「皆さん、魔王を本当の本気にさせた『強い人と強い武器』がなんなのかという噂で持ちきりですよ」

「なんてこったい……」

カオリは引き下がった、引き下がったけど、「いつか」のために準備を始めた。

それが噂になった。

何もしてないのに、そんな噂になってたとは。

俺は、死ぬほどがっくりきたのだった。

149 省力モード

あくる日の昼下がり、俺はリビングでのんびりしていた。

ソファーで寝っ転がって、オルティアの写真集を眺める。

今見ているのは「夏の日のオルティア」ってタイトルの写真集だ。

さわやかで、健康的な薄着のオルティアたちは見ていて飽きなかった。

ちなみに俺が開発した立体写真じゃないけど、普通の写真も、これはこれで技術的にこなれたいい味わいを出している。

そんな俺の横で相変わらずフルが立っていたけど、それにも大分慣れてきた。

少なくともそこにいて気にならなくなるくらいにはなってきた。

というのも、フルは立っている間本当に「直立不動」だから。

なんかの比喩《ひゆ》とかじゃなくて、まるで蠟人形《ろうにんぎょう》かってくらい動かないから、そういうオブジェだと思えば気にならなかった。

そうしてフルに慣れた俺は、今日もリビングでいつものようにのんびりしている。

「よろしいですか、マスター」

「んあ？　珍しいな、お前から話しかけてくるなんて」

「マスターのものになってしばらく、ずっとマスターのそばで見てきましたけど……マスターはもしかして、動くのがお嫌いですか？」

「まあ……面倒なのは嫌いだな」

俺はゴロン、と。

ソファーの上で寝返りを打った。

「だらだらしてられる時はだらだらしてたいな」

「そうですか。では、マスターが私を使うとき、省力モードを起動させた方が良いでしょうか」

「省力モード？」

「はい、マスターが力を抑えて、そのかわり私の力を消耗《しょうもう》します」

「ふむ？」

「要するに私が勝手に戦うというイメージです」

「そんなのができるのか？」

「はい。ですが私の方で普段よりも力を使うので、終わった後に長めのチャージが必要になる場合がありますが」

「なるほど」

俺は少し考えた。

考えた後、手を叩いた。

すると、何人かのメイドが入ってくる。

「お呼びでしょうか、ご主人様」

「ん、フルにメイド服を着せてやってくれないか」

「分かりました」

「行きましょうフルちゃん」

「さあさあ」

メイドたちは何も聞かずに、フルの背中を押した。

「マスター?」

「いいから、まずは着替えてきて」

俺がそう言うと、フルは相変わらず状況を理解できない、きょとんとしていたが、抵抗とかはしないで大人しくメイドたちに連れていかれた。

それから約十分後、メイドたちがフルを連れて戻ってきた。

「お待たせしましたご主人様」

「どうでしょうか」

「ふむ」

俺はフルを眺めた。

眺めながら紅茶に口をつけた。

カップにある分を飲み干してしまうと、メイドの一人が注いでくれた。

そうしながら、フルを見る。

「省力モードって、俺のサポートをするんだっけ」

「はい」

「こんな感じ？」

俺は、俺の周りを世話するメイドを指差しながら聞いた。

「本質は一緒です」

「そうか、それなら頼む」

「分かりました」

それは結構嬉しいかも。

俺の力を使わずに、フルがやってくれる。

なんか楽でいいかもしれない。

☆

た。


「やあやあ、しばらくぶりだねカノー伯爵」

その日の夕方くらいに、ショウ・ザ・アイギナ王子が訪ねてきた。

さすがに王子の来訪はちゃんとしなきゃいけないから、彼を応接間に通してちゃんと対応した。

「えっと……今日はどのようなご用件で？」

俺は恐る恐る、探りながら聞いた。

「スレイヤーを目覚めさせたと聞いてね」

「知ってるんですか？」

ショウが切り出してきた用件に驚いた。

スレイヤー――フルのことはもっとこう、知ってる人が少ないもんだと思ってた。

「アイギナ王家が関わっているからね、それの製作と開発は」

「そうなんですか？」

「クシフォスを知っているかい？」

「勲章のことですか」

「うん、その勲章の元になったのが、護国の聖剣クシフォス」

「あー……」

なんかそんな話を聞いたことがあるかも。

「クシフォスは護国の聖剣ではあったけど、色々あって、力をだいぶ失っていたんだ」

「はあ」

「そこで、クシフォスに替わる武器を作ろうと、当時の王家は考えた」

「ふむふむ」

「伝説の魔剣エレノア、そしてその娘魔剣ひかりを参考に、総理王大臣セレーネ・ミ・アイギナが呼びかけて、当時の大賢者オルティア、そして月下の剣仙ナナ・カノーを招いて、紆余《うよ》曲折《きょくせつ》の末に開発したのが、スレイヤーシリーズ」

「……」

「どうしたんだい、なんか汗が出てるけど」

「い、いえ。芋《いも》づる式に新しい名前が次から次へと出てくるもんですから」

なんか悪い予感がする。

気のせいだよな。

「そうなのかい？　まあそれはともかく、王家も結構関わったことだから、知っているのさ」

「そうだったんですか」

「うん、そう。だから後学のために、そのスレイヤーを見せてくれないかな」

ショウはニコニコしながら——いや、わくわくしながら俺を見つめていた。

「えっと……王家にはもう、スレイヤーが残ってないいんですか？」

「もちろん、おそらくカノー伯爵が持っているのが最後のスレイヤーだと思うよ」

「うっ……」

「見せてくれないかな」

「わ、分かりました」

ちょっと悪い予感がしながらも、見せてくれ、という要求は断り切れないものだと思って、俺は観念した。

まあ、見せるくらいなら——。

「——あっ」

「どうしたんだい」

「今は、その……ちょっと」

「うん？　なにかまずいのかい」

「それはその……えっと……」

まずいというかなんというか。

いやまずいのはまずいんだけど。

まずいんだけど……。

「……はあ、分かりました」

俺は再び観念した。

もう一日早く来てたらなあ……そう思って、観念して今のありのままを見てもらうことにした。

振り向き、壁際にいるフルを呼んだ。

「フル、王子殿下がご所望《しょもう》だ」

「え？」

ショウは驚き、フルの方を見た。

「挨拶《あいさつ》して」

「はい。初めまして、アイギナ王子殿下。私がスレイヤー一族の最終完成型、フル・スレイヤーです」

「人形じゃなかったの⁉」

ショウは驚いた。

そうなのだ。

ショウが応接間に入る前からフルは既にいた。

そして俺とショウが部屋に入っても、フルはずっと壁際で、まるで蠟人形《ろうにんぎょう》の如く、直立不動のままでいた。

ショウは完全に、フルのことをそうだと思っていたみたいだ。

「はい。マスターのご命令がなかったので、ずっと控えていました」

「そうかそうか。ところでカノー伯爵」

「は、はい？」

「どうしてメイド服なんだい？」

「うっ」

俺は言葉につまった。

それが「ちょっとまずい」の理由だ。

ショウが来るって知らなくて、そしてその目的がフルだって知らなくて。

フルをメイド服のままにしていたのだ。

ショウに聞かれて、なんと答えていいのか分からなかった。

「それは……」

「答えづらいのなら答えなくても大丈夫だよ」

「ほっ……」

俺はちょっとホッとした。

見逃してくれるっていうのならそれに越したことはない――。

「スレイヤーをこの短期間で完全に調教してしまうとは、さすがカノー伯爵だ」

「ええっ!?」

そうなるのぉ!?

……そう、なるのか。

ショウがいつものようにわくわくした顔で俺とフルを交互に見比べた。

なんかもう、どんな言い訳も通じそうになかった。

「ではもうひとつ。実際に剣になって、斬《き》ってみてくれないかな」

「あっ、それは――」

「大丈夫、分かってるから。スレイヤーは剣の姿になると何かを斬らないと人型に戻れないんだろ」

「ええ、まあ」

「だからちゃんと用意してきてるよ」

ショウはパチンと指をならした。

すると、応接間の外で待っていたショウの部下が何かを持って入ってきた。

「それは……」

「ご存じミーミユだよ」

ショウの部下が持ってきたのは、木製の人形だった。

ミーミユ。

かつての天才人形師が発明した、モンスターとかの耐久力を完璧《かんぺき》に再現する木製の人形。

そのミーミユは、いつぞやと同じようにスライムロードの姿をしていた。

「カノー伯爵が本気の力を他者に見せたくないのは分かっている。スライムロード相手なら今更だし、構わないだろ？」

「……ありがとうございます、殿下」

俺は微苦笑しつつ、ショウに向かって深々と頭をさげた。

そこまで気を遣わせたんなら、もはや断れる状況じゃないな。

俺は腹をくくった。

「フル、剣になってくれ」

「分かりました、マスター」

メイド服姿のフルは俺の要請に応じて、剣の姿になった。

メイド服を着せたが、剣になったときは前のままの、普通の剣の姿だった。

フリフリがついた剣になったらどうしようかとも一瞬だけ思ったが、取り越し苦労だったみたいだ。

ショウの部下たちはスライムロードのミーミユを窓際に設置した。

俺はそのミーミユの前に立った。

軽く斬って、それでおしまいにしよう。

そう思って、フルを構えて、軽く振り下ろした。

ドゴ――――――ン!!

「……え？」

「おおおっ!!」

振り下ろした剣が、ミーミユごと、応接間の壁を完全に吹き飛ばした。

「ど、どういうこと？」

「マスターの代わりに斬りました」

「え？」

剣からメイドの姿に戻ったフルを見た。

「マスターが省力を望んでいましたので、代わりに対象を消滅させました」

「あっ……」

そういえばそんな話があったっけ。

いやいや、それはそうなんだけど、そうなんだけど――。

「すごい、すごいよカノー伯爵。さすがだ！　軽く振っただけでそうなるとは。やはり君はすごいぞ」

「おおぅ!?」

スライムロードのミーミユをものすごい力で吹っ飛ばしたのを見て、ショウはいつになく興奮してしまうのだった。

150 ミデアのアドバイス

とある昼下がり。

庭の定位置に安楽椅子《あんらくいす》を置いて、そこに寝っ転がってくつろいでいた。

相変わらずフルは少し離れたところで、ビシッと直立不動に立っている。

こっちから話しかけなければだらだらするのを邪魔してこないから、無視してとにかくだらけた。

ぽかぽかの陽気だ、このまま夕飯まで一眠りするか――。

「師匠《ししょう》！」

「うおっ！」

寝っ転がってるところに、真上からニョッとミデアが顔を出してきた。

いきなりで、しかもミデアの勢いだ。

俺はちょっと驚いて、危うく安楽椅子から転げ落ちそうになった。

「なにするんだいきなり」

「すみません！　どうしても師匠に聞きたいことがあったから」

「聞きたいこと？　なんだ」

俺は上体だけ起こして、安楽椅子の上であぐらを組んで座った。

「私、ナナス流ですよね」

「ああ、そうだな」

俺は小さく頷《うなず》いた。

ナナス流、それはミデアが入門した架空の流派の名前だ。

ミデアは俺に懐いて、俺を師匠って呼んでいるが、剣聖の孫のミデアを弟子にしたなんて周りにバレたら結構な騒ぎになる。

注目をすっごい浴びて、めちゃくちゃ面倒臭《めんどうくさ》いことになるのが目に見えているから、俺は架空の「ナナス」っていう人物をでっち上げて、ミデアに対外的にはそいつの弟子だって名乗るように言い含めてある。

「それがどうしたんだ？」

「ナナス流に、必殺技とか奥義とかありますか？」

「必殺技に奥義？」

「はい!!」

ミデアは大きく頷き、目を輝かせながら俺に迫る。

あー、つまりあれか。

なんかあったら教えてくれってことか。

「必殺技に奥義か……」

「なにかありませんか？」

「うーん……」

考えたこともなかったな、そんなの。

そもそもナナスっていうのがまず架空の人物で、そんな人間はどこにも存在しない。

存在しない人間、存在しない流派。

当然、必殺技も奥義も存在しない。

「ないかな」

「ないんですか……？」

ミデアはちょっと落胆《らくたん》した様子だ。

「必ず殺す技なら、ないこともないんだが」

「どういうものなんですか!?」

やっぱりある、と聞いて再び興奮し出すミデア。

「そうだな……そこにグラスがあるだろ？」

「はい、サイドテーブルにある師匠の飲みかけですよね」

「そうだ、見てろ」

俺は立ち上がって、安楽椅子の横にあるサイドテーブルを向いた。

まっすぐ向いて、集中する。

……。

…………。

…………………。

……。

「師匠？」

…………。

…………。

……………。

「あの……師匠？」

「終わったぞ」

「ほげ？」

そう言って振り向くと、ミデアはきょとんとなった。

「何が終わったんですか？」

「グラスを見てみろ」

「はあ……」

ミデアは言われた通り、グラスを見た。

「何もないですけど――あっ！」

言いかけたミデア、変化に驚いた。

グラスが、斜めに斬《き》られて、中味をこぼしてずれ落ちたのだ。

「な、なんですか今の？」

「だから必ず殺す技」

「全然見えなかったです！　ものすごい速い斬撃《ざんげき》ですか？　もしかして光速ですか!?」

「いやそういうわけじゃない。何かを斬る時って、斬るという動作と、斬れたという結果に分かれるだろ？」

「はあ……」

俺はかいつまんで、ミデアに説明することにした。

「斬るという動作があるから防がれるものなんだが、だったらそれがなければ防ぎようがないだろ？」

「えっと……はい。……はい？」

「だから、斬る過程をすっ飛ばして、斬る結果だけを作り出せれば、絶対に防げない、必ず殺す技になるってわけだ」

「……さすが師匠！」

「理解できたか？」

「全然分かりませんでした！」

ミデアは自信たっぷりにそう言い放った。

「分からなかったんかい！」

「はい！　でもでも、師匠がすごいってことは分かったので大丈夫です」

「いやそれは一番忘れていいことだから」

「でも、師匠がそれを使ったの見たことないです」

「絶対に殺さないといけない相手に会ったこともないし、見ての通りために十何秒とかかるから、実戦向きじゃないいんだ」

「なるほど！」

納得したミデア。

これで話が終わりか——と思っていたら。

「そういうのじゃ、私にはできないですよね……」

ミデアはシュンとなった。

ああ、そうだったな。

行間を読むのを忘れてた。

必殺技があるかどうかって聞くのなんて、トドのつまり自分が習得できるかどうかっていう質問なんだよな。

「……ふむ」

俺はあごを摘《つ》まんで、少し考えた。

これは……チャンスだ。

必殺技は、ナナス流のシンボルになり得る。

必殺技を見て、ナナス流とは、そしてナナスとはこういう使い手だ、とある程度の使い手なら思うだろう。

つまり、ミデアには「普段の俺」とかけ離れた必殺技を教え込むのがいいってことか。

俺は、ミデアに合った、そして俺から程遠い必殺技を考えた。

「反対……いや、反対は逆に連想しやすいな」

「師匠？」

「よし、お前にもできる必殺技を授けよう」

「本当ですか!!」

「ああ。剣を貸してみろ」

「はい!!」

俺は安楽椅子から立ち上がって、ミデアから剣を受け取った。

柄《つか》の感触を確かめつつ、頭の中で必殺技のイメージを練《ね》り上げる。

俺が使う技の多くはいわゆる闇属性だ。

闇なら俺を連想しやすい。

反対の光でも連想されやすい。

関係のない炎あたりがいいだろう。

俺は剣を構えて、振り下ろした。

振り下ろした瞬間、刀身に渦巻《うずま》く炎を纏《まと》いだし、斬撃の軌道が炎に熱されてその向こうに見える景色が歪んだ。

「おおおおお!!」

「こんな感じのやつだ」

「すごいです師匠、どういう技ですか」

「ちゃんと教えてやるから落ち着け」

ミデアを宥《なだ》めつつ、俺は彼女に今の技を教えた。

俺は今まで、斬撃で炎を出したことはない。

それどころか、斬撃は斬撃だから、なにか付随《ふずい》させる必要もない。

これがナナス流の必殺技になれば、間違いなく俺からナナスを遠ざけてくれるだろう。

そう思って、俺は手取り足取り、ミデアに真剣に指導した。

☆

指導のあと、ヘルメスは「反復練習しといて」と言い残して、庭から屋敷の中に戻った。

真面目《まじめ》に指導したこともあり、ここはミデアの練習する場所として譲《ゆず》ってやるつもりだったから、ヘルメスは自分の寝室に戻ってそこでだらけることにした。

そうして、庭にはミデア――と、フルが残された。

真面目に、ヘルメスから教わった必殺技を反復で練習するミデア。

ヘルメスの手取り足取りでの教えもあってか、始めてから一時間程度で、彼女は斬撃にほんの少し火花をまとえるようになった。

ミデアの天賦《てんぶ》の才と努力根性があれば、完全習得はすぐそこだ。

「一つ、いいですか」

「ほげ？　メイドさんですか？　なんですか？」

フルに話しかけられて、ミデアは手を止めて、フルの方に体ごと向いた。

「マスターに、おねだりをしていましたね」

「マスターって師匠《ししょう》のことですか？」

「はい」

「弟子だから、師匠に必殺技を教えてくれってお願いしただけです」

「……羨《うらや》ましいです」

最初は何気ないやり取りだったのが、その一言でミデアはフルのことが気になりだした。

「羨ましい？」

「はい、どうしてそんなことができるのですか？」

「羨ましいならメイドさんもおねだりすればいいんですよ」

「私も？」

「はい。師匠は実は意外とちょろい——はぐっ！」

言ってはいけない言葉だ——とばかりに、ミデアはとっさに自分の口を両手で塞《ふさ》いだ。

そしてゲフンゲフンとわざとらしく咳払《せきばら》いしてから、言い方を変えた。

「め、面倒見がいいから。ちゃんと頼めばなんだかんだでおねだりを聞いてくれるですよ」

「……そうでしょうか？」

「やってみるといいと思うです」

「…………」

それっきりフルは黙り込んだ。

相変わらず佇《たたず》んだままだが、顔に深い思案の色が現れていた。

☆

次の日、朝日に起こされた俺はベッドから降りて、伸びをして着替えた。

さて朝飯を――って。

「あれ？」

俺は部屋の中を見回した。

なんか……違和感が。

なんだこの違和感は。

なんだか分からないけど、何も変わってないように見えるけど、違和感を覚えてしまう。

こんこん。

「ん？　ああ入れー」

メイドだろうと思って応じると、ドアが開いて、メイドが一人入ってきた。

メイドはメイドでも、メイド姿のフルだった。

「フル？　そうか、違和感はお前が部屋にいなかったからか」

入ってきたフルを見て、俺は納得した。

ここ最近すっかり慣れてしまった、オブジェのようにそばで立っているフル。

そのフルの姿が見えなかったのが違和感の正体だったのだ。

いなくなったことで違和感を覚えるとは――と、俺はちょっとだけ苦笑いした。

「おはようございます、マスター」

「ん？　ああおはよう」

「朝食の用意ができております」

「分かった」

俺はフルに連れられて、部屋を出て食堂に向かった。

先導するフルの姿は、格好だけじゃなくて本当にメイドっぽかった。

その姿を見て――。

「あれ？」

「なんでしょうか、マスター」

「なんでお前が案内してるの？」

「メイドのアドバイスです。せっかく料理を作ったのですから、案内も自分でやってみれば、とのことです」

「へえ……って、料理を作ったの？」

「はい」

「誰が？」

「私が」

「……何を？」

「朝食を、です」

「料理作れたの？」

「はい」

先を行くフルが小さく頷《うなず》いた。

それは昨日までとは変わらない、感情の起伏《きふく》に乏《とぼ》しいフルの声のトーンだった。

俺は不安になった。

剣の化身、感情の上下がほとんどない少女。

そんな少女がまともに料理を作れるのか？

そもそもなんで料理を作ろうと思ったんだ？

その不安が一遍《いっぺん》に俺を襲った。

「なあ、なんで料理を――」

「マスター」

フルは立ち止まって、体ごと俺に振り向いた。

俺も立ち止まった。

表情は相変わらず薄いが、まっすぐ見つめてくる目は強い光を湛《たた》えていた。

「な、なんだ」

「私の料理を食べて下さい、お願いします」

「むっ……」

なんだかよく分からないけど、断れる雰囲気《ふんいき》じゃないな。

しょうがない、毒をくらわば皿までだ。

「分かった、食べよう」

「ありがとうございます」

フルは頭を下げた。

「本当にちょろかった」

「ん？　今なんて」

「なんでもありません」

顔を上げたフルはそう言った。

何を言ったのか聞き取れなかったけど、感動してるっぽい口調だったし、別にいいかと思った。

そのまま、フルに連れられて食堂にやってきた。

「うぉっ！」

食堂の長い食卓の上に並べられた料理の数々を見て、俺は驚いた。

いや料理というよりは……これ、ごちそうってレベルだぞ。

俺は驚いたまま、フルのほうを向いた。

「これ、お前が作ったのか？」

「はい」

「……一人で？」

「はい」

「そんなスキルを持っていたのか」

俺は大分感心した。

そういうイメージがまるでなかったから、驚きもひとしおだ。

俺は自分の席に着いた。

「いただきます……美味《うま》い」

前菜を一口——めちゃくちゃ美味かった。

「すごく美味いなこれ」

「……ありがとうございます」

予想外に美味《おい》しいフルの料理を、俺は美味しい美味しいって言いながら、ぺろりと平らげた。

普段の朝飯よりもちょっと量が多かったが、美味しくてするっと入った。

「美味しかったぞ。ありがとうフル」

「……ありがとうございます」

「それにしてもいきなりどうしたんだ？」

「え？」

「料理のスキルを持ってるのは分かったけど、なんでいきなり作ろうと思ったんだ？」

というか、フルって今まで接してきて、命令がないと自分から動かないタイプだって思ってたんだが。

「それは……」

「それは？」

「……」

「……？」

言いよどむフル。

首を傾《かし》げて見つめ返す俺。

ふと、フルが顔を真っ赤にしたかと思えば、ぱっと身を翻《ひるがえ》して逃げ出した。

「へ？　フル？」

手を伸ばした俺だが、フルはあっという間に食堂から飛び出して姿が見えなくなったので、伸ばした手は無意味だった。

「なんだったんだ……？」

「あらあら、隅《すみ》におけませんねヘルメス」

「姉さん？」

入れ替わりに、姉さんはにやにやして食堂に入ってきた。

「それってどういう意味？」

「話は聞きましたよ、彼女がいきなり、ヘルメスのために料理を作ったそうじゃないですか」

「ああ」

「女の子が急に手料理を作ったり、褒められて赤面して逃げ出したり。もう答えは出ているじゃありませんか」

「……え？　いや待って」

俺は焦った。

姉さんの言いたいことは分かる。

分かる、が。

「俺、彼女に何もしてないぞ」

何もしてないのに好きになられるって……そんなことあるのか？

151 覚醒への第一歩

昼前に執務が終わった俺は、廊下《ろうか》を一人で歩いていた。

最後の案件で頭を使ってつかれたから、ちょっと甘いものが欲しいな。

メイドを呼んで、何かもらおうか――と思っていたその時。

廊下の向こうから一人のメイドが向かってくるのが見えた。

「あっ……」

俺に気づくなり、声を上げてしまうメイドはフルだった。

彼女はものすごくびっくりして、顔を真っ赤にして、身を翻して逃げ出してしまった。

「えー……」

まとわりつかれるのも困りものだけど、かといってこんな風に避けられるのも、それはそれでちょっとショックだった。

☆

「あれれ？　どうしたのヘルメスちゃん、なんか今日はちょっと元気ない感じ？」

「まあ、ちょっとな……」

午後、俺はオルティアの娼館《しょうかん》にやってきた。

気分転換に彼女のところに来て、いつものようにだらだらしてようかって思ってたんだけど、あっさりと見破られてしまったみたいだ。

だらだらする俺の横で顔を密着させていたオルティアが、流れるように正面に滑り込んで、顔をまっすぐ覗《のぞ》き込んできた。

「ふむふむ……そかそか」

「え？」

「よし、このオルティアお姉ちゃんに全部話してみなさい」

「何そのキャラは」

「オルティアお姉ちゃんのお悩み相談室だよ」

「そんなのがあったのか」

「なんでも相談に乗るから、さあ言ってみて」

「なんでも、か」

そうだな、相談してみるか。

「実はある女の子……っていうか、フルに避けられてるんだ」

「あの子に？」

俺が相談する内容に、さすがのオルティアも驚いたようだ。

彼女はフルが現れたところに立ち会っているので、フルの性格とかもある程度知っている。

俺をマスターだと呼んで、ある意味押しかけ女房みたいな感じで屋敷にやってきたフルがそうなったのはさすがに驚きだったようだ。

「そかそか。もっと詳しく話して」

「ああ……この前急に料理を作り出したんだ。俺に料理を作って、それを食べて褒めたら、いきなり逃げ出して」

「……」

「その後何回かあっても毎回逃げられて、しまいには避けられるようになってさ。もう何がなんだか」

「……」

「オルティア？」

途中から相づちさえ打たなくなったオルティア。

どうしたのかと顔を覗き込むと、彼女はやさぐれと呆《あき》れの中間くらいの表情で俺を見ていた。

「ヘルメスちゃん」

「は、はい」

オルティアの迫力に思わず気圧《けお》されて、背筋を正してしまった。

「あたしいつも言ってるよね、本妻のゴタゴタを娼館に持ち込まないようにって」

「いや、フルは本妻ってわけじゃ――」

「しゃらーっぷ。本質は一緒なの、普通の恋愛のゴタゴタを娼館に持ち込まないでって意味」

「むむむ……」

確かにオルティアの言う通りだった。

娼館で遊ぶのはルールがある。

その一つが、オルティアの言うような普通の恋愛を持ち込まないということだ。

「わるかった」

俺は素直に頭を下げて、オルティアに謝った。

「ん、分かればよろしい。で」

「で?」

「ヘルメスちゃん、なんであの子に好かれたの?」

「やっぱり好かれてるのか?」

姉さんにも言われたけど……。

「それ以外の何があるのさ」

「だって、何もしてないんだ。何もしてないのに好かれるってありえないだろ？」

「そんなこともないけどね」

「え？」

「ヘルメスちゃん、自分でも知らないうちにナチュラルにやらかすから」

「うっ……」

言葉につまってしまった。

それを言われるとつらい。

なんだろう、やらかしたくないのについついやらかしてしまうんだよな。

「だから、知らないうちにやらかしてるって可能性あるね。もっと何かないの？　思い出してみて」

「何かって……普段は俺のそばに立ってるだけだし。普通じゃないことって言ったら、夜寝てるときも俺のそばに立ってるくらいってことなんだけど」

「え？　夜も」

「夜も」

「ヘルメスちゃんが寝てる間？」

「俺が寝てる間」

「それじゃん」

オルティアはビシッ！　と俺を指差した。

「どれ？」

「ヘルメスちゃんの寝顔を見て好きになっちゃったんだよ。ヘルメスちゃんの寝顔可愛《かわい》いから」

「えええええ!?」

俺の寝顔が？

「あたし、ヘルメスちゃんの寝顔を見てるといつもドキドキするもん」

「お、おう。そうなのか」

「うんうん。普段だらしないのに、寝顔だけキリッとしてるんだよね。たぶん夢の中でサボらないで格好いいことしてるからじゃないかな」

「……むむむ」

そう言われると心当たりはなくもなかった。

起きてるときは面倒臭《めんどうくさ》がってるけど、夢の中までそうじゃない。

たまに覚えてる夢に、勉強頑張ったりスポーツ頑張ったりするってのはよくある。

たまに大軍率《ひき》いて世界征服とかやっちゃったりする。

「夢って……顔に出るのか？」

「出る出る。前もヘルメスちゃん寝言で『倍返しだあああああ!!』って言ってて、その時の顔がすっごく格好良かったよ」

「なんの夢見てるんだよ俺!?」

　全然記憶にないぞそんな夢。

　いや夢なんて九割は起きたら忘れてるもんだけどさ。

「だから、ヘルメスちゃんの寝顔を見てるっていうのなら、好きになってもおかしくないと思うな」

「そ、そうか……」

　理由は分かったけど、なんだかますます恥ずかしくなった気がした。

☆

　オルティアの娼館《しょうかん》を出て、屋敷に帰ってきた。

　屋敷の中に入ると、早速渦中《かちゅう》の人、フルと遭遇《そうぐう》した。

「あっ」

「お帰りなさい、マスター」

「ご飯にしますか、お風呂にしますか、それともお休みになられますか?」

「えっと……」

お決まりの文句に聞こえて、「わ・た・し」って警戒したけどそれはこなかった。

「ご飯もお風呂もいい、夜までだらだらしとく」

「分かりました」

まだ何か仕掛けてくるのか? と思ったらそんなことはなかった。

フルは実にあっさりと引き下がった。

何もなかったことに俺は少しホッとして、だらだらするために部屋に戻ろうとした。

そこに、フルが後ろからついてきた。

「どうした、俺になんか用があるのか?」

「はい。マスター、力のチャージをさせてください」

「ああ、それか。夜まで待てないのか?」

「すみません、できるだけ早くお願いします」

「そうか……分かった」

少し考えたが、力のチャージはフルにとって死活問題で、食事みたいなものだから、俺はそのまま頷《うなず》いた。

「お、おう」

「部屋でいいか？」

「はい」

頷くフルを連れて、俺は寝室に戻ってきた。

寝室に入ると、一緒に入ってきたフルに振り向く。

「どうする？　また小さくなるのか？」

「あの……マスター。今日は違う格好でさせてもらえませんか？」

「違う格好？」

「はい、マスターはお疲れのようですし、私のチャージとマスターのリラックスを同時にできる格好です」

「そんなのがあるのか？」

「はい」

「ふむ……俺はだらだらしてるだけでいいのか？」

「はい」

「分かった、それでいってみるか」

どんな格好なのか分からないけど、だらだらしてるだけでいいって言うのなら文句は何もない。

「どうすればいい？」

「ベッドへどうぞ、マスター。そのままいつものようにリラックスしててください」

「分かった……こうか?」

俺はベッドに上がって、いつものだらだらするときと同じように寝っ転がった。

「はい、では失礼します」

フルはそう言って、同じようにベッドに上がった。

そして俺の頭の方に回って、頭をそっと膝にのせた。

「膝枕か?」

「はい」

「なるほど」

俺は頷いた。

何をされるのかってちょっとだけ警戒もしたけど、膝枕くらいなら別にいい。

たしかに、これなら俺がだらだらするのと、フルのチャージ——密着が同時にできる格好だった。

それっきり、俺たちは何も言わなくなった。

俺はいつものようにごろごろしてるだけで、フルは膝枕の接触部分で俺から力をチャージしている。

次第に、フルの膝の柔らかさが気持ちよくて、俺はうとうとして眠りにおちたのだった。

☆

「甥《おい》っ子《こ》ちゃーん、あーそーぼーーーって、姪《めい》っ子《こ》ちゃんなのだ」

屋敷のリビング、いつものように壁をぶち破って入ってきた魔王カオリ。

リビングにいたのがヘルメスじゃなくて、ソーラだということにちょっとだけ不満そうだった。

彼女はリビングの中をきょろきょろ見回した。

「甥っ子ちゃんはいないのだ？」

「ヘルメスなら部屋にいますけど、今は寝てますよ」

「寝てるのか、だったら私が起こしてくるのだ」

「待ってカオリちゃん。今は邪魔したらダメです」

「えー、なんでなのだ？」

「ヘルメスがフルちゃんに膝枕されて寝ているからです」

「あの剣の子なのだ？」

「ええ」

「そっか、それは楽しみなのだ」

「楽しみ?」

ソーラは小首を傾《かし》げた。

今の話のどこに、カオリにとって「楽しみ」の部分があるのか分からなかった。

「膝枕ということは、そろそろ覚醒《かくせい》が近いのだ」

「覚醒?」

「姪っ子ちゃんに特別に教えてやるのだ。なんでスレイヤーがインテリジェンスソードで、人間の姿をしていると思うのだ?」

「それは……なぜでしょう」

「おばさまを参考にしたからなのだ。持ち主に恋をして、それで真の力が覚醒するようにって仕組みなのだ」

「あらあら」

ソーラは瞳を輝かせた。

「本当なのですか? それは」

「私は直接聞いたから間違いないのだ。まっさらから好きになるように、最初は感情が抑えめに作られてるのだ」

「なるほど、だからなのですね」

「そういうことなのだ。膝枕までいったら、真・フルスレイヤーの覚醒は間近なのだ」

「楽しみですね」

「楽しみなのだ」

意気投合《いきとうごう》するソーラとカオリ。

ヘルメスはやがて来るフルの覚醒を知らないまま、のんきに膝枕の上で、世界を救う勇者になった夢を見ていたのだった。

152 ナントカ・スレイヤー

とある昼下がり。

庭の安楽椅子《あんらくいす》でだらだらしていた俺は、そばでじっと佇《たたず》んでいるフルを見た。

「フル」

「はい、なんですかマスター」

「ちょっと剣の姿になってくれないか」

「何かを斬《き》らないと戻れないですがいいですか？」

「ああ」

「分かりました」

フルは頷《うなず》き、剣に姿を変えた。

フル・スレイヤー。

直前までメイド姿だった可愛《かわい》い少女が、瞬きをする間に無骨な剣になってしまった。

それを手に取って、まじまじと見つめる。

「いつ見ても不思議だな」

『そうですか?』

「ベースはどっちなんだ?」

『わたしは人造生命体ですが……』

「それは分かっている」

俺はコツン、とノックをするかのように、中指の第一関節でフルの刀身を叩いた。

「人間とか人造生命体とかそういうことじゃなくて、ベースは人型なのか剣型なのか、どっちなのかって思ってさ」

『それでしたら……私の最初の記憶、人間でいうと物心がついた瞬間は剣の姿をしてました』

「なるほど」

『剣になって、マスターに持ってもらう時が心安らぎますので、剣の姿がベースだと思います』

「そういうものなのか?」

『それを聞くために剣の姿にさせたのですか?』

「いや、それはついでだ」

俺はそう言いながら、まじまじとフルを見つめた。

前に、フルに全てを任せて、それで彼女がフルパワーを出してミーミユを蒸発させたことがある。
あれは完全に俺のミスだ。
フルのことを把握《はあく》していない――よく知らないことから起こったミスだ。
ちゃんとフルの能力を知った方がいいと思った。
「ちょっと振ってみるぞ」
『はい』
心なしか、フルの口調が上ずっていた。
興奮なんだか期待なんだか――あるいは両方か。
そんな感情が透けて見えるような口調をしていた。
俺は安楽椅子から下りて立ち上がり、フルを軽く振ってみた。
「……いい剣だ」
『本当ですか？』
フルはいつもの口調ながら、なんとなく嬉しそうな感じで聞いてきた。
「ああ、手によく馴染《なじ》むし、それに……お前、重心はどこにあるんだ？」
俺は何度もフルを振ってみた。
剣というのはとどのつまり鉄の塊《かたまり》であり、それなりの重さがある。
剣を振るうときは、その剣の重心がどこにあるのかを把握していなきゃならない。

一見まったく同じ厚さで伸びている刀身も、たいていの場合微妙に違っててちゃんとした重心があるものだ。

それが……フルにはない。

いや厳密には――。

「重心が動いてる……のか？」

『ご名答です、マスター』

「そうなのか？」

『はい、液体金属を用いて可変重心にすることで、使用者の技量に大きく委《ゆだ》ねるという作りになってます』

「可変重心……」

『大賢者オルティアの提案です。イカサマ用のサイコロから発想を得たと聞いてます』

「イカサマのサイコロ？　四と五と六しかないやつか？」

『いいえ、サイコロの中に鉛《なまり》を埋め込み、重心のバランスを崩して誰が振っても同じ目しか出ないようになっているサイコロです』

「ああ……」

なるほどね。

そういうサイコロがあるのは知らなかったけど、俺はなるほどって感じで感心した。

『しかし、それは誰が振っても同じ目が出るということですので、上級者用に鉛ではなく水銀を埋め込んだものがあります』

「水銀……ああ、可変重心」

『はい、サイコロの中で水銀が絶えず重心を変えることで、練習をすれば通常のサイコロよりも、狙った目を出しやすくなるものです』

「お前の可変重心はそれからきてるってことか?」

『はい、重心次第で剛剣にも柔剣にもなりえます』

「たしかになぁ」

フルがいう剛剣と柔剣、それは本当なら、それぞれ合った剣で振るわれるものだ。

そして剛剣と柔剣とじゃ、使う武器の重心が違う。

フルの場合、それをどちらにも変えて対応できるってことか。

「あまり変わってるようには見えないな」

『使い込めば変わります』

「ふむ、そうか」

☆

俺はフルを握ったまま、郊外にやってきた。

執務で受けた報告の記憶を引っ張り出して、スライムが最近出没している地域に飛んできた。

フルを戻すために何かを斬るのと、使い込んで形を変えるのと。

それを同時にこなすために、スライムを斬りに来たのだ。

強力なモンスターなら斬ってしまうと問題も起きるかもしれないが、スライム程度の雑魚《ざこ》モンスターはいくら斬っても問題にはならない。

俺はフルを握ったまま、スライムを探して、片《かた》っ端《ぱし》から斬って回った。

なるほど、って思った。

途中から明らかに、フルが手に馴染んでいくのが分かる。

それは道具を使い込んでるから慣れていく、とかそういうことじゃない。

例えば柄《つか》とかは、明らかに俺の手に合わせてさらにフィットするように形を微調整してる。

「すごいなお前は」

スライムの一体を斬った後にそうつぶやいた。

『なにがでしょうか?』

「自分じゃ分からない？　俺が振るうごとに微妙に形が変わってるの」

『はい、分かります。自分の肉体がマスターに馴染んでいくのが分かります』

「言い方がちょっと気になるが……まあそういうことだ。すごい発想だし、すごいことだ

『……』

『どういうことでしょうか？』

「使っていくうちに形を微調整して合わせるってことは、使い手のその日の体調に合わせて変わるってことだ」

『そうですね』

普通に返事をするフル。

本人はそれがどれだけすごいことなのか分かってないな。

体調に合わせて変わるってことは、戦いの最中でも変わっていくってことだ。

人間の体調はずっと一定ってわけにはいかない。

特に「戦い」ともなれば、始めた直後と終わる頃を比べると体調が大きく変化しているのは当然だ。

よく、長い戦いの終盤になると武器が重い、っていうやつがいる。

そういうのを防ぐシステムだ。

フルを軽く振ってみた感じだと、最初から最後までもっとも手に馴染む状態で居続けるってことだ。

それはかなりすごいことだけど、本人は分かってないみたいだ。

「馴染むってことは……これならどうかな？」

俺はそうつぶやきながら、七つコイン由来の力を手の平に込めて、フルを振った。

この力でフルを目覚めさせたのだが、この力でまともに彼女を振ったことはまだない。

それをやってみた。

当然というかなんというか、フルはその力に合わせて微調整をしてきた。

最初は手の平からフルに通した力に若干《じゃっかん》のつっかえを感じた。

ストローで果肉入りのジュースを飲むときに時々つっかえるのと同じような感覚だ。

それが途中から——いやすぐに感じなくなった。

ストローは果肉でつっかからなくなり、普通に水を飲むようにスムーズになった。

「結構すごいなお前は」

『ありがとうございます、マスター』

「純粋に好奇心だけど、他の『スレイヤー』がどうだったのかが知りたくなってくるな」

『外見だけなら』

「え？」

『外見だけなら見ることはできますが』

「どういうことだ？」

『スレイヤー一族の墓。人間で言うところの剣塚《けんづか》があります』

「そんなのがあるのか？」

『はい。今となってはただの鉄の塊ですが、全てのスレイヤーが眠っています』

「ふむ」

俺はあごを摘《つ》まんで、考えた。

「それって見ていいのか？」

『ただの鉄の塊でよければ』

「どこにあるんだ？　それは」

『ご案内します』

フルが言うと、彼女の切っ先から光る糸のようなものが伸びて、空の彼方《かなた》を指していた。

俺はその光る糸が指す方角にむかって飛び出した。

飛行魔法で、一直線にフルが指し示す方角に向かって飛んでいく。

空の上は障害物がなくて、三十分くらいで目的地にやってきた。

それは山の奥だった。

山の頂上に深いくぼみがあって、そのくぼみの中に何本も剣が突き刺さっている。

無軌道に、乱雑に地面に突き刺さっている。

「これ全部がスレイヤーか？」

『はい。これがデーモン・スレイヤーで、そっちのがワイト・スレイヤー。そこに転がっているのがエルフ・スレイヤーです』

「エルフ・スレイヤーって、そんなの必要あったのか？」

『研究のため、最終的に私を作り出すためには必要の過程でした』

「……あぁ」

なるほどねえ。

フル・スレイヤー。

全部を意味するものだ。

なるほどそれに到達するまで、一通り作っておく必要があったのかも知れないな。

『ここにはないですがイマジン・スレイヤーもありました』

「幻想を殺すのか？　そりゃまたなんのために……」

種族なら話は分かる、スライム・スレイヤーとかもあるんだろうさ。

だけど幻想って……本当にどういう意味だ？

「あれ？」

『どうしたのですか？』

「あそこに何かある」

俺はそう言って、近づいていった。

そこにあるのは石造りの台だった。

地面に設置された台は、縦にくぼみが彫られている。

「なんだこれは？」

『分かりません』

「お前も分からないのか？」

『はい』

「そうか」

俺はそのくぼみを見つめた。

なんとなく、ある光景が頭に浮かび上がってきた。

俺は、フルをそのくぼみに突き立てた。

すると――フルがうまくそのくぼみに収まった。

「収まった」

『……』

「フル？」

『……』

フルは答えない。

くぼみに突き刺さった瞬間に彼女の雰囲気《ふんいき》は変わった。

直後、台が左右に割れた。

割れた台から何かが飛び出してきた。

ワナか⁉　と反射的にそう思って、フルを引っこ抜いて構えた。
飛び出してきたものは、敵意とかまったく感じさせないまま、俺の前に止まった。
半透明な感じで、空中でぷかぷか浮かんでいる。
浮かんでいるのは、二人の少女。
フルとよく似た、幽霊のような二人の少女だった。

書き下ろし

パンドラの箱

「ヘルメス、ちょっといいですか」

書斎でオルティアの写真集を読んでいると、姉さんがいきなり入ってきた。

今読んでたのは『とってのオルティア』というタイトルの写真集で、五大都市から選《よ》りすぐりのオルティア達のプライベートを撮影したもので、プレミア価格がついている貴重な写真集だ。

普段は姉さんの「そーい」にやられてきたけど、この写真集は死守しなきゃ、と思ってとっさに背中に隠した。

「な、なんだ姉さん。何か用なのか？」

「ヘルメスの机の引き出しを見せて下さい」

「引き出し？」

「はい」

「ああ、うん。どうぞ？」

俺は座ったまま椅子《いす》を引いて、引き出しの前を開けてやった。

すると姉さんは脇目も振らずに、引き出しの前に立った。

俺が写真集を隠しているのは目に入っているはずなのに、それにはまったく触れてこなかった。

そして、引き出しを開けて、まじまじ見つめながら、何度も何度も開け閉めする。

「何をしてるんだ、姉さん」

「ヘルメス、この引き出しを開けた時に、なにか気づいたことはありませんか？」

「引き出し？　いや、いつも普通に開け閉めしてるだけだけど」

「何か仕掛けとかは」

「それはない」

俺はきっぱりと言い切った。

机とか、こういったものに仕掛けとか、ギミックとか。

そういうものが仕込まれていることは稀に、よく、ある。

高級で、一点物な場合、それを作った職人がいろんな思惑から仕込んでいることがある。

ちなみに、今まで見た中で一番すごかったのは、人型のゴーレム風人形に変形するタンスだ。

あれは一体何をどうやって作って、どうやって変形しているのか。

十回くらい見直しても、まったく見当もつかなかったっけな。

それはそうとして。

そういうギミックは、あればだいたい分かるもんだ。

「ないのですか？」

「ああ」

当たり前に聞き直してきた姉さんに、俺はコンコン、と中指の第一関節で机の卓面を叩いて見せた。

「ギミックのある音じゃない、普通の机の普通の音だ」

――はっ。

いかん、これはやらかしてしまったか？

さすがヘルメス、音で分かるなんてすごいですね――、と。

姉さんの言葉が予想できてしまって、俺はそれに身構えた。

「そうですか……」

しかし姉さんからはそういうのが返ってこなかった。

姉さんは入ってきたときからずっと持っていた、古びた書物を開いて、食い入るようにそれを見つめた。

「それはなんだ？」

「はい、実は初代当主が残していった書物が見つかったのです」

「初代当主？」

俺は眉《まゆ》をひそめた。

カノー家の初代当主、ナナ・カノー。

その時代最強の女剣士であり、当時のアイギナ王国の王女であり、総理王大臣——平たく言えば国王代理だったセレーネ姫の剣の師匠《ししょう》だったことで、その功績を認められて、アイギナ王国の男爵になった。

それ以来、カノー家は代々男爵家として受け継がれてきた。

そのナナ・カノーは今までも色々「やっかいな」ものを残してきた。

代々伝わる儀式とか、その儀式の裏に隠されたなんでも願いが叶うとされる七つのコインとか、色々。

俺はその色々に振り回されてきた。

姉さんの「初代の残していった書物を見つけた」と聞いて、当然の様に身構えてしまった。

「な、何が書かれてあるんだ？　いや待て」

興味を持ったから聞いてみたが、関わり合いにならない方がいいとも思ってしまった。

だから手の平をかざして姉さんを止めようとするのだが。

「異界への扉、ですよ」

「想像する最悪のちょっと斜め上じゃないか!!」

俺は声を張り上げて突っ込んでしまった。

初代が残していったものって、色々想像が頭を駆け巡る中、姉さんから返ってきた答えは想像してた中でも最悪の部類だった。

「この書物によりますと、異界への扉は、机の引き出しか古びた井戸の底と相場が決まっているそうです」

「待ておかしい、書き方がおかしい。なんで初代が残していったものなのに、相場が決まってるなんて書き方をしてるんだ！」

「はい、だから興味を持ちました」

「うっ……」

姉さんの言いたいことは分からんでもなかった。

たぶん普通の書き方をしてたら、姉さんの性格からしてそこまでのめり込まなかっただろうな。

だけどちょっと突っ込みの余地のある書き方をしてるもんだから、それが姉さんの好奇心を刺激してしまった。

「ともかく、ここの引き出しにはないのですね」

「ああ、それは間違いない」

「わかりました。ありがとう、ヘルメス」

姉さんはそう言って、本を持ったまま書斎から出ていった。

「……」

姉さんはどうするつもりなんだろうか。

「……………」

やっぱりもうひとつの「相場が決まってる」の、井戸を探すんだろうか。

「…………………」

確か庭の奥に、もう使われてない古井戸があったっけな。

「……………………」

まあ、井戸が異界に繋《つな》がってるなんて、ありえない話だし、姉さんもちょっと見たら諦めるだろう。

「……………………」

ほっとこう、それよりも『とっておきのオルティア』だ。

「――ああもう！」

俺はオルティアの写真集を机の上に放りだして、姉さんの後を追いかけたのだった。

☆

「ここですね」

俺と姉さんは、庭の奥にある例の井戸にやってきた。

庭は普段、庭師の手によって美しく映えるように管理されているが、奥まってる上に普段はなかなか来ない場所だから、井戸はツタに巻かれて、いかにも寂れている様子だった。

「ああ、屋敷の中にある井戸はここだけだ」

「把握《はあく》しているのですか？」

「ああ、こういう設備？　は一通り頭に入ってる」

「さすがヘルメス、家を統《す》べる当主の鑑《かがみ》ですね」

「うっ……」

姉さんから不意打ちを食らってしまった。

さっきはリアクションがなかったし、今もまだ初代の遺産探しの真っ最中だからと油断していたら、褒め言葉が飛んできた。

まったく、油断も隙《すき》もあったもんじゃない——姉さんだからいいけど。

「さて、どうでしょうか？」

俺達は井戸に近づき、中を覗《のぞ》き込んだ。

井戸の底が暗かったもんだから、俺は魔法を唱えて、井戸の中に灯《とも》りを灯してよく見えるようにした。

「地面は乾いていますね、それに、何もないみたいですね」

「そうみたいだな——んん」

「どうしたのですか？　ヘルメス」

「あそこ……なんか破けてる」

「破けてる？」

姉さんはきょとん、と首を傾《かし》げた。

当然の反応だ、俺もそう思う。

だって、そうとしか言いようがない。

破けてる。

井戸の中、空中に見えたのはまさしく「破けてる」感じだったのだ。

たとえるのなら、井戸を写した写真で、その写真が破けている。

そういう感じの光景が、実際の井戸の中に広がっている。

だから不思議なのだ。

「何も見えませんよ」

「むっ！」

俺は姉さんをパッと振り向いた。

姉さんは真顔で俺を見つめ返している。

姉さんには見えない？　ってことは……俺にしか見えない？

まて、それはヤバい。

俺にしか見えないなんてヤバ過ぎるにも程がある。

「ねえヘルメス、その破けてるというのをもっと教えて下さい。どのような感じですか？」

「いやまあ、それは……」

俺は迷った。

姉さんにどうごまかそうかと悩んだ。

ついうっかり、姉さんも見えているものだと思い込んで言ってしまったが、どうやら姉さんには見えていない。

そのせいで、姉さんの好奇心に、余計火に油を注いでしまった。

まずい、これはまずい。

どうにかしてごまかさなきゃ。

「……」

姉さんは好奇心全開の目で俺を見つめていた。

姉さんは俺のことをよく知っている。

「うっかり」やらかした俺の目に、確実に何かが見えているのだろうと、姉さんは確信しているだろう。

俺も姉さんのことをよく知っているから、姉さんがそう確信してて、下手《へた》にごまかされないということもよく知っている。

まずい、どうしよう。

俺は思いっきり悩んだ。

『でゅふふふ……戦利品がてんこ盛りでござる』

『あれを見るでござる大場《おおば》氏。フタナリと男の娘のメスイキ本でござる』

『なんと！　それはチェックせねば！』

ざわわわわ──。

俺は全身が総毛《そうけ》立《だ》った。

破けているところ──異界へ繋がる切れ目からは、これまたたぶん俺だけにしか聞こえない声が聞こえてきた。

その証拠に、姉さんは俺の反応にきょとんとしている。

まずい、この先はまずい。

言葉の内容はまったく分からないけど、ニュアンスというか、感情というか。

伝わってくる「匂《にお》い」に、俺の本能が全力で「かかわるな！」と叫んでいた。

「姉さん、下がってくれ」

「え？　は、はい」

姉さんが言われたとおりに下がると、俺は手をかざして、魔法でその切れ目を補修した。

瞬く間に、切れ目が見えなくなって、声も聞こえなくなった。

同時に、俺は安堵《あんど》した。

「ふぅ……」

「そんなに……危険な場所だったのですか？」

姉さんが心配してきた。

「ああ、あれはヤバい。未知過ぎて危険しか感じなかった」

「そうですか……ヘルメスがそこまで言うのでしたら、本当に危険なのでしょうね」

姉さんは引き下がった。

「納得するのか、姉さん」

「ええ、だって」

姉さんは絹のハンカチを取り出して、俺の額を拭《ぬぐ》った。

「ヘルメスがこんなに脂汗《あぶらあせ》をかいてるの、生まれて初めて見ました」

「むっ」

姉さんの言うとおりだった。

まったく未知の恐怖が、あの一瞬で俺の全身を支配した。

異界、どうやら相当ヤバいところのようだ。

「でも、さすがです。ヘルメス」

「え？」

「ヘルメスの反応を見るに、この世界の危機を未然に防いだのですね」

「いやそれは——」

「隠さなくてもいいのですよ。大丈夫です。それほど危険なことだったら、万が一を考えて、誰にも話したりしませんから」

「そ、そうか。助かる」

姉さんの言葉に俺はホッとした。

それで話が終わって、俺と姉さんは井戸から立ち去ろうとした——が。

「あれ？　これはなんでしょう？」

姉さんは、井戸のそばに落ちている一冊の本を見つけた。

本の表紙には、可愛《かわい》らしい女の子が書かれているものの、俺は瞬時に、その女の子の股間《こかん》がもっこりしていることに気づいた。

俺は、姉さんの手からその本をひったくった。

「そーい!!」

本を遙《はる》か空の彼方《かなた》に投げ捨てた。

ものすごい勢いで飛んでいく本は、途中で超高速の摩擦熱で発火し、空中で燃え尽きてくれた。

「ヘルメス？」

「あれは悪魔の本だ」

「そうだったのですか!?　……またすごい汗」

「ああ……でももう大丈夫だ」

「ありがとう、ヘルメス」

姉さんは再び絹のハンカチを出して、俺の汗を拭いてくれた。

初代がなんらかの形で関わった異界。

それは、決して開けてはならない、パンドラの箱のようだった。

あとがき

人は小説を書く、小説が書くのは人。


皆様お久しぶり、あるいは初めまして。

台湾人ライトノベル作家の三木《みき》なずなでございます。

この度《たび》は『俺はまだ、本気を出していない』の第六巻を手にとって下さりありがとうございます！


ついにここまで来ました。

本作をスタートさせたときは、まさかここまで来られるとは微塵《みじん》も思っていませんでした。

何しろタイトルがタイトルです、本作はいわゆる「なろう物」なのですが、タイトルが「俺はまだ、本気を出していない」という、一目見ただけでおよそなろう物だとは気づかないであろうタイトルとなっています。

それでもこのタイトルでいくしかなかったのは、この第六巻まで手に取っていただけた皆様ならお分かりの通りだと思います。

そんな作品であるのにもかかわらずここまで続けてこられたのは、ひとえに皆様が本を買って下さったからでございます。

本作は商業小説でありますので、誤解を恐れずにいうと「売れなければ打ち切られる」作品なのです。それが続けてこられたのですから、読者の皆様にはどれだけ感謝してもしきれないほどです。

本当に、本当にありがとうございます。

さて、というわけで。

シリーズ物ではコンセプトを死守しなければならないというのが、なずなが教わった創作論です。

御先祖様がガキ大将にいじめられたら、絶対秘密道具を出さないといけませんし、年末になったら五人組を24時間拘束《こうそく》してお尻を叩かないといけません。

シリーズというのはそういうものなのです。

ですので、この巻も徹底して主人公のヘルメスくんに悲しいことになってもらいました。

うっかりやらかした。

具体的な内容を知らなくて対処を間違えた。

力のコントロールができなくて無双《むそう》しちゃった。

「オルティア」が大好きでちょこっと本気を出しちゃった。

などなど。

今までとまったく同じように、様々なことで失敗して、その都度《つど》力を見せつけて評価が上がってしまいます。

ヘルメスが失敗したと思う度《たび》に、周りの彼に対する評価が勝手に上がってしまう。

というのがこの作品でございます。

今回もまったくそうですので、是非《ぜひ》安心してお買い求め頂けると嬉しいです。

この作品は商業小説ですので、あなたの購入が清き一票となって、続刊への原動力となります。

赤字になって打ち切られない限り、ヘルメスをいじめて彼の評価を上げるこの物語をどこまでもお届けすることをお約束致します。

なにとぞ、よろしくお願いいたします。

最後に謝辞《しやじ》です。

イラスト担当のさくらねこ様。六巻になったので、いい感じにカバー六枚並べてパソコンの壁紙にしてます。毎日うっとりです！

担当編集T様。今回も色々とご迷惑をおかけしました。本当にありがとうございます！

六巻まで刊行させてくださったダッシュエックス文庫様。とにかく感謝感謝の感謝です！

これを手に取って下さった読者の皆様方、その方々に届けて下さった書店の皆様。

本書に携《たずさ》わった多くの方々に厚く御礼申し上げます。


七巻もお届けできる日が訪れることを祈念しつつ、筆を置かせて頂きます。

二〇二〇年十一月某日　なずな　拝

ダッシュエックス文庫

俺はまだ、本気を出していない6
三木なずな

2021年1月30日　第1刷発行

★定価はカバーに表示してあります

発行者　北畠輝幸
発行所　株式会社　集英社
〒101−8050　東京都千代田区一ツ橋2−5−10
03(3230)6229(編集)
03(3230)6393(販売／書店専用) 03(3230)6080(読者係)
印刷所　大日本印刷株式会社

ISBN978-4-08-631399-5 C0193